Bianca

CONELY BRANCH LIBRARY
4600 MARTIN
DETROIT, MI 48210
(313) 224-6461

La perdición de un seductor
Kate Hewitt

PLEASE DETROIT PUBLIC LIBRARY

HARLEQUIN™

SEP - 2011

Editado por HARLEQUIN IBÉRICA, S.A.
Núñez de Balboa, 56
28001 Madrid

© 2010 Kate Hewitt. Todos los derechos reservados.
LA PERDICIÓN DE UN SEDUCTOR, N.º 2073 - 27.4.11
Título original: The Undoing of de Luca
Publicada originalmente por Mills & Boon®, Ltd., Londres.

Todos los derechos están reservados incluidos los de reproducción,
total o parcial. Esta edición ha sido publicada con permiso de
Harlequin Enterprises II BV.
Todos los personajes de este libro son ficticios. Cualquier parecido
con alguna persona, viva o muerta, es pura coincidencia.
® Harlequin, logotipo Harlequin y Bianca son marcas registradas
por Harlequin Books S.A.
® y ™ son marcas registradas por Harlequin Enterprises Limited y
sus filiales, utilizadas con licencia. Las marcas que lleven ® están
registradas en la Oficina Española de Patentes y Marcas y en otros
países.

I.S.B.N.: 978-84-671-9967-3
Depósito legal: B-7360-2011
Editor responsable: Luis Pugni
Preimpresión y fotomecánica: M.T. Color & Diseño, S.L.
C/ Colquide, 6 portal 2 - 3º H. 28230 Las Rozas (Madrid)
Impresión en Black print CPI (Barcelona)
Fecha impresion para Argentina: 24.10.11
Distribuidor exclusivo para España: LOGISTA
Distribuidor para México: CODIPLYRSA
Distribuidores para Argentina: interior, BERTRAN, S.A.C. Vélez
Sársfield, 1950. Cap. Fed./ Buenos Aires y Gran Buenos Aires,
VACCARO SÁNCHEZ y Cía, S.A.
Distribuidor para Chile: DISTRIBUIDORA ALFA, S.A.

SEP - 2011

Capítulo 1

LOS OJOS eran del más increíble color lavanda que hubiera visto jamás.

—Leonardo, ¿has oído algo de lo que te he dicho?

Leonardo de Luca apartó la mirada del rostro de la camarera. No comprendía por qué su jefa de relaciones públicas le había llevado a ese destartalado lugar: la mansión Maddock.

Amelie Weyton martilleó con su impecable manicura francesa sobre la mesa, una pieza de anticuario capaz de albergar al menos a veinte comensales, aunque no eran más que dos.

—Este lugar me parece ideal.

—Sí —murmuró Leonardo—. Estoy de acuerdo —añadió mientras probaba la sopa, de color crema con un toque dorado y un ligero aroma a romero. Crema de chirivía. Deliciosa.

Amelie volvió a martillear con los dedos sobre la mesa. Por el rabillo del ojo Leonardo vio cómo la camarera hacía un gesto de desaprobación ante la marca que dejaban las uñas sobre la madera, pero, al cruzar sus miradas, su rostro se tornó inexpresivo, como lo había sido a su llegada al restaurante. Saltaba a la vista que no le resultaba simpático.

Lo había notado nada más cruzar el umbral. La altiva dama había entornado los ojos y su nariz se había arrugado, a pesar de la sonrisa de bienvenida que le había ofrecido.

Estaba acostumbrado a analizar a las personas para decidir si le resultarían útiles o no. Así había logrado llegar a dirigir su propio y exitoso negocio, y así conseguía mantenerse en la cima. La señorita debía de haber decidido que era un ricachón sin título, pero a él le resultaba cada vez más interesante. Y seguramente le sería muy útil también.

En la cama.

—Aún no has visto el resto —continuaba Amelie mientras probaba la sopa.

Leonardo sabía que no tomaría más que dos o tres bocados de la comida que les había preparado Ellery Dunant, cocinera, camarera y señora de Maddock Manor. Debía de fastidiarle enormemente tener que servirles, pensó divertido. Tanto él como Amelie se habían refinado enormemente, pero pertenecían a la clase de los odiados nuevos ricos y, por mucho dinero que tuvieran, nada era capaz de eliminar del todo el olor a pobreza.

—¿El resto? —repitió él arqueando una ceja—. ¿Tan espectacular es? —por el ligero respingo que dio Ellery supo que había percibido el tono de burlona incredulidad en su voz.

—No sé si la palabra es «espectacular», pero será perfecto —olvidada la sopa, Amelie apoyó los codos sobre la mesa gesticulando exageradamente con las manos, y volcando la copa de vino sobre una antigua y raída alfombra oriental.

Amelie no había logrado adquirir muy buenos modales.

Leonardo contempló impasible la mancha escarlata que se extendía por la alfombra. Ellery soltó una exclamación y se arrodilló ante ellos mientras intentaba secar la mancha.

–Tengo entendido que un poco de vinagre diluido elimina las manchas de vino de los tejidos –le indicó Leonardo amablemente.

–Gracias –Ellery levantó la vista. Los ojos habían adquirido un intenso tono violeta. El mismo color que las nubes de tormenta. La voz era gélida y el acento marcadamente británico de las clases sociales más altas. Un acento así no se podía fingir.

Mientras estudiaba en Eton, Leonardo había intentado adoptar esa entonación al hablar, pero el resultado habían sido las burlas de los demás que le habían etiquetado de impostor. Se había largado antes de los exámenes, antes de que lo expulsaran, y jamás había vuelto a una facultad. La vida le había proporcionado la mejor educación.

Ellery se levantó dispersando en el aire un suave perfume, aunque no era perfume, decidió él, sino el aroma de la cocina. Quizás de un huerto. Romero y tomillo.

–Y ya que estás –intervino Amelie–. ¿Podrías traerme otra copa de vino? –arqueó una ceja perfectamente depilada y sonrió con sus labios hinchados a base de silicona.

Leonardo contuvo un suspiro. En ocasiones, Amelie era tan... transparente. La conocía desde su llegada a Londres, a los dieciséis años, mientras trabajaba de chico de los recados en unos grandes almacenes. Ella trabajaba en la tienda en la que él compraba los bocadillos que los directivos consumían durante las reuniones de trabajo.

–No hace falta que seas tan impertinente –observó él cuando Ellery se hubo marchado.

–Ha sido muy arisca conmigo desde que hemos llegado –Amelie se encogió de hombros–. Me mira por encima del hombro. Se cree mejor que los demás, pero fíjate en este antro –echó un vistazo a su alrededor–. Su padre sería barón, pero esto está en ruinas.

–Y aun así lo calificaste como espectacular –le recordó él secamente mientras probaba el vino. Desde luego, el vino era de muy buena calidad–. ¿Por qué me has traído aquí?

–Tú utilizaste el término «espectacular», no yo –contestó ella–. Es una ruina, desde luego. Y ahí está la gracia, Leonardo: el contraste. Será perfecto para el lanzamiento de *Marina*.

Leonardo se limitó a arquear una ceja. No acababa de entender cómo una decrépita mansión podía ser el escenario ideal para lanzar la nueva firma de alta costura de De Luca. Quizás por eso Amelie era su jefa de relaciones públicas. Tenía visión.

Él sólo tenía decisión.

–Imagínatelo, Leonardo. Los maravillosos vestidos resaltarán increíblemente contra esta decadencia. La yuxtaposición de lo viejo y lo nuevo, el pasado y el futuro, dónde estuvo la moda y hacía dónde va.

–Suena muy artístico –murmuró él. No le interesaba mucho el aspecto artístico. Sólo quería que la línea triunfara. Y con su patrocinio triunfaría.

–Será increíble –le aseguró Amelie con una expresión animada en el rostro inflado de Botox–. Confía en mí.

–Supongo que no me queda más remedio –contestó Leonardo–. Pero ¿de verdad tenemos que dormir aquí?

–Pobre Leonardo –rió Amelie–, lo que tendrás que soportar esta noche –la sonrisa se volvió seductora–. Claro que ambos podríamos estar más cómodos...

–Ni lo sueñes, Amelie –contestó él secamente.

De vez en cuando, Amelie intentaba, sin demasiado entusiasmo, llevárselo a la cama, pero él nunca mezclaba negocios con placer. Ella era de las escasas personas que lo conocían desde que era un don nadie y por eso le permitía tantas confianzas. Sin embargo hasta ella sabía que no debía presionar demasiado. A nadie, y sobre todo a ninguna mujer, le estaba permitido. Lo más que les concedía a sus amantes era una noche, una semana.

La mirada volvió a posarse en lady Maddock que había regresado al comedor con su hermoso rostro desprovisto de maquillaje, y de emoción. Llevaba una copa de vino en una mano y una botella de vinagre en la otra. Con cuidado dejó la copa frente a Amelie y, tras murmurar una disculpa, se arrodilló de nuevo en el suelo. El penetrante olor del vinagre ascendió hasta la mesa, imposibilitando cualquier disfrute de la deliciosa sopa.

–¿No puedes hacer eso luego? –le espetó Amelie contrariada–. Intentamos cenar.

–Lo siento, señorita Weyton –Ellery levantó la vista con el rostro sonrojado por el esfuerzo y la mirada gélida–, pero si la mancha penetra más, será imposible de limpiar.

–Tampoco me parece que ese trapo viejo merezca la pena ser salvado –Amelie fingió inspeccionar la raída alfombra–. Prácticamente está hecha jirones.

–Esta alfombra –Ellery se sonrojó violentamente– es un Aubusson original de casi trescientos años. De modo que debo contradecirle, pero merece la pena ser salvada.

–A diferencia de otras cosas de aquí, ¿verdad? –Amelie le devolvió la gélida mirada mientras señalaba los huecos en las paredes donde antes debían de haber colgado cuadros.

Aunque parecía imposible, Ellery se sonrojó aún más. Leonardo encontró su aspecto regio. Reflejaba coraje y orgullo. Y era ciertamente hermosa.

–Si me disculpan –Ellery se puso en pie con un elegante movimiento y se despidió con frialdad antes de salir del salón.

–Menuda zorra –exclamó Amelie ante la mirada reprobatoria de Leonardo.

Mientras guardaba el vinagre y enjuagaba el trapo sucio, a Ellery le temblaban las manos. Una enorme rabia la consumía y tuvo que apretar los puños con fuerza mientras caminaba por la cocina respirando hondo en un intento de calmarse.

La situación se le había ido de las manos. Ésos de ahí fuera eran sus huéspedes. Sin embargo tenía que hacer verdaderos esfuerzos por recordarlo, por aceptar sus burlas despreciativas y comentarios desconsiderados. Se creían que por pagarle unos cientos de libras tenían derecho a hacerlo, pero no era así. Ella entregaba su vida, su sangre, a aquel lugar y no soportaba que esa insensible grulla arrugara la nariz frente a las alfombras y las cortinas. Estarían raídas, pero eso no les restaba un ápice de valor.

Amelie Weyton le había desagradado desde el instante en que la había visto aparecer aquella tarde al volante de un diminuto descapotable, salpicando de grava el césped con su excesiva velocidad y dejando profundos surcos en el camino. Consciente de que no podía arriesgarse a perderla como cliente, no había dicho nada. Había alquilado la mansión el fin de semana y las cinco mil libras eran desesperadamente bienvenidas.

Aquella misma mañana el encargado de mantenimiento le había anunciado que la caldera estaba en las últimas y que una nueva costaría tres mil libras.

Ellery había estado a punto de desmayarse. Era una

cantidad que no ganaría en meses trabajando como profesora a tiempo parcial en el pueblo. Sin embargo, la noticia no le había pillado por sorpresa. Desde que se había hecho cargo de la antigua casa familiar seis meses atrás, las calamidades se habían sucedido una tras otra. La mansión Maddock estaba en ruinas y, en el mejor de los casos, sólo podía retrasar su inevitable derrumbe.

A pesar de todo no podía pensar así cuando aferrarse a la mansión era casi como aferrarse a ella misma. Las urgentes necesidades materiales mantenían su cuerpo y su mente ocupados y así, mientras Amelie se había paseado por todas partes como si fuera la dueña, ella no había dejado de pensar en esa caldera.

—Esto está hecho un desastre —había exclamado Amelie mientras dejaba caer su abrigo de piel sintética sobre una silla. El abrigo había resbalado al suelo y la mujer le había dirigido una significativa mirada a Ellery para que se lo recogiera—. Leonardo se va a poner furioso.

Por el modo en que había acariciado las sílabas al pronunciar su nombre, Ellery había supuesto que se trataba de su gigoló.

—Esto está unos cuantos puestos por debajo de su categoría —los ojos de la otra mujer habían brillado con malicia—. Sin embargo, supongo que podremos soportarlo durante una noche o dos. A fin de cuentas por aquí no hay otro lugar donde alojarse, ¿verdad?

—¿Tardará mucho en llegar su acompañante? —Ellery se había obligado a sonreír educadamente sin soltar el abrigo.

—Llegará para la cena —le había informado Amelie con hastío mientras miraba a su alrededor—. Cielo santo. Es aún peor de lo que parecía en la página web.

Ellery permaneció callada. Había elegido las mejores fotos para la página web destinada a alquilar la man-

sión, y había redecorado el mejor dormitorio con cortinas y colchas nuevas.

El desprecio con que Amelie se había referido a su
hogar le había irritado. Esa mujer era el segundo cliente
en alojarse allí. Los primeros, una pareja mayor, se habían mostrado encantados y habían apreciado la belleza
y la historia de una casa que había pertenecido a la
misma familia desde hacía casi quinientos años.

Pero Amelie y su amante italiano sólo veían las manchas y los jirones.

–Y no han hecho sino añadir unas cuantas más –susurró mientras recordaba la mancha color escarlata del
vino tinto sobre la alfombra Aubusson y gruñía en voz
alta.

–¿Se encuentra bien?

Ellery se volvió bruscamente. Perdida en sus pensamientos, no había oído entrar al hombre, Leonardo, en
la cocina. Había llegado unos minutos antes de la cena
y no había tenido tiempo de observarlo detenidamente,
a pesar de lo cual le había bastado para formarse una
opinión. Leonardo de Luca no era el gigoló que había
esperado que fuera. Era mucho peor.

Desde su llegada, Amelie, espléndida aunque algo
demacrada, no había dejado de coquetear con él, reci-
biendo su indiferencia a cambio. Sus comentarios o miradas despreciativas habían enfurecido a Ellery, a pesar
de que no le gustaba esa mujer.

Odiaba a los hombres que trataban a las mujeres como
objetos de usar y tirar. Hombres como su padre.

Se obligó a desterrar de su mente tan negativos pensamientos y asintió al hombre apoyado en el quicio de
la puerta de la cocina que la miraba con sus azules ojos.

Se estaba burlando de ella. Lo había notado mientras
limpiaba la mancha de vino. Había disfrutado viéndola

arrodillada ante él, como una criada. Había visto la sonrisa en sus labios, unos labios que recordaban los de una estatua del Renacimiento, la misma sonrisa que le dedicaba en esos momentos en la cocina.

—Estoy bien, gracias —contestó—. ¿Necesita algo?

—Pues sí —contestó él con un ligerísimo acento italiano—. Ya hemos terminado la sopa y esperamos el segundo plato.

—Por supuesto —Ellery se sonrojó. ¿Cuánto tiempo había estado rezongando en la cocina?—. Enseguida voy.

Leonardo asintió, pero no se movió. Su lánguida mirada la recorrió perezosamente. Ellery apenas podía culparle por ello. Iba vestida con una falda negra y una blusa blanca que tenía una mancha de salsa en el hombro, y los humos de la cocina le hacían sudar. Aun así se sintió molesta por su mirada desafiante, tan típica de un hombre como él.

—De acuerdo —dijo él al fin volviendo al salón sin decir una palabra más.

Ellery se afanó en los fogones. Por suerte, la crema de estragón no se había cuajado.

De vuelta en el comedor encontró a Leonardo y a Amelie en silencio. Él parecía relajado mientras que la mujer tenía un aspecto tenso y tamborileaba una vez más con las uñas sobre la mesa provocando un nuevo arañazo en el antiquísimo mueble.

Esa mujer apenas había tocado la sopa, pero, para su satisfacción, Leonardo había vaciado su plato. Al alargar una mano para retirarlo se sobresaltó al ser agarrada por la muñeca. El hombre tenía una piel cálida y seca y el contacto le produjo una descarga, no del todo desagradable, por todo el cuerpo.

—La sopa estaba deliciosa —murmuró.

—Gracias. Enseguida les traigo el plato principal —los

nervios le provocaron un temblor en las manos y el plato chocó contra la copa de vino haciéndole sonrojar.

–Tenga cuidado, no vayamos a derramar otra copa de vino.

–Su copa está vacía –observó Ellery secamente. Odiaba mostrar el efecto que le había producido. ¿Por qué tenía que afectarla? Cierto que era muy atractivo, pero también era un estúpido arrogante–. Se la llenaré enseguida –añadió mientras volvía a la cocina.

Dejó caer los platos en el fregadero y se apresuró a servir el pollo, la salsa y las patatas asadas. De repente se sintió agotada. Ante ella se presentaba todo un fin de semana de comidas y comentarios desdeñosos, por no hablar de las miradas de Leonardo.

A su espalda, la caldera emitió un gemido y Ellery encajó la mandíbula. Tendría que soportarlo. La otra opción sería vender la mansión Maddock y ésa no era una opción. Al menos no de momento. Era lo único que le quedaba de su familia, de su padre. Por irracional e imposible que fuera, era lo único que atestiguaba lo que era y de dónde venía.

Dos horas más tarde, Leonardo y Amelie se habían retirado a sus habitaciones y Ellery limpiaba los restos de los platos. Él había dado buena cuenta del plato principal y de una generosa porción de tarta de chocolate, mientras que Amelie apenas había probado bocado. Arrojó los restos a la basura e intentó aliviar un dolor en la zona lumbar. Necesitaba un baño caliente, pero el encargado de mantenimiento le había advertido que eso sobrepasaba las capacidades de la caldera. Tendría que conformarse con una botella de agua caliente, su compañía habitual durante la mayoría de las noches.

Llenó el lavavajillas y repasó la lista de tareas para el desayuno. El paquete de fin de semana incluía un desayuno inglés completo, aunque estaba segura de que Amelie Weyton sólo tomaría café.

Leonardo, sin embargo, consumiría un desayuno contundente sin siquiera engordar un gramo. De repente, se sorprendió divagando hacia el mejor dormitorio de la mansión, con su antigua cama de cuatro postes, el dosel nuevo de seda que se había llevado la mayor parte de su presupuesto y los leños de abedul que había dispuesto en la chimenea. ¿Encendería Leonardo un fuego para acurrucarse en la cama con Amelie?

Aunque quizás dispusieran de otra fuente de calor. Se los imaginó enredados entre las sábanas y las almohadas y sintió una repentina e inexplicable punzada de celos.

¿De qué tenía celos? Despreciaba a esa pareja. Pero al mismo tiempo que se hacía la pregunta supo la respuesta. Estaba celosa del hecho de que Amelie tuviera a alguien, sobre todo a alguien tan atractivo y sexy como Leonardo de Luca. Estaba celosa de ambos, y del hecho de que no estarían solos aquella noche.

Hacía seis largos y solitarios meses que vivía en la mansión Maddock intentando llegar a fin de mes. Había hecho unos cuantos amigos en el pueblo, pero nada que ver con la vida que había vivido antes. Nada que ver con la vida que deseaba vivir.

Sus amigos de la universidad estaban todos en Londres, llevando la vida juvenil y urbanita que ella había disfrutado en una época. Tan sólo seis meses habían conseguido difuminar esa vida como si de un sueño se tratara, la clase de sueño del que sólo se podían recordar algunos retazos y fragmentos surrealistas. Su mejor amiga, Lil, la animaba a volver a Londres, siquiera de visita, y en una ocasión lo había conseguido.

Sin embargo, un fin de semana no había logrado borrar la soledad de su vida en la mansión. Sacudió la cabeza. Se comportaba de forma sensiblera y patética, y eso la irritaba. No podía ir a Londres, pero sí podía telefonear. Se imaginó contándole a Lil todo sobre la horrible Amelie y Leonardo y supo que a su amiga le encantaría el cotilleo.

Sonriente, terminó de llenar el lavavajillas y de limpiar la cocina. Estaba a punto de apagar la luz cuando una voz la sobresaltó.

–Disculpe...

Ellery se dio la vuelta con una mano apoyada en el pecho. Leonardo de Luca estaba nuevamente apoyado contra el quicio de la puerta. ¿Cómo era posible que no le hubiera oído llegar tampoco en esa ocasión? Debía ser sigiloso como un gato. Sonreía lánguidamente y ella no pudo evitar apreciar lo deliciosamente desgreñado que parecía. Los cabellos relucían en la oscuridad, ondulados sobre la frente y ligeramente revueltos. Se había quitado la chaqueta y la corbata, y se había desabrochado dos botones de la camisa dejando entrever una piel dorada en la base de la garganta.

–¿La he asustado? –preguntó con un acento intencionadamente más marcado. El numerito del italiano sexy le salía de perlas y era evidente que lo sabía.

–Me ha sobresaltado –le corrigió ella–. ¿Necesita algo, señor de Luca?

–Sí –Leonardo ladeó la cabeza–. Me preguntaba si podría darme un vaso de agua.

–En su habitación hay una jarra y dos vasos –respondió Ellery con un ligero tono de reproche que no le pasó desapercibido a Leonardo a juzgar por las cejas arqueadas.

–Quizás, pero me gusta con hielo.

–Por supuesto –ella consiguió al fin apartar los ojos de sus labios y arrastrarlos hasta los ojos azules que, claramente, se burlaban de ella–. Un momento.

–¿Vive aquí sola? –preguntó él con suma delicadeza.

–Sí –contestó Ellery tras encontrar una bolsa de hielo en el congelador.

–¿No tiene ninguna ayuda? –él contempló la enorme cocina.

–Hay un chico del pueblo que corta el césped de vez en cuando –no quiso admitir lo sola que estaba, a pesar de que debía de haber resultado evidente tras la cena, cocinada y servida por ella. En ocasiones la inmensidad de la casa la engullía y le hacía sentir tan diminuta e insignificante como las motas de polvo que flotaban en el aire.

Leonardo enarcó las cejas y Ellery supo en qué pensaba. El césped estaba descuidado y excesivamente crecido. No tenía dinero para pagar a Darren. «¿Y qué?», quiso preguntar. De todos modos casi era invierno. Nadie cortaba el césped en invierno.

–¿Algo más? –ella llenó dos vasos con hielo y se los ofreció con gesto arrogante.

Él sonrió al darse cuenta de que Ellery había supuesto que Amelie también quería hielo. Tomó los vasos y deslizó un dedo por la suave mano de la joven. El contacto provocó un respingo en la mujer que dio un paso atrás como si se hubiera escaldado.

Ellery se recriminó por haber reaccionado así a un ligero contacto, un ligero aunque intencionado contacto, pues estaba claro que lo había hecho con el propósito de hacerle saltar, para disfrutar del efecto en un claro reflejo del poder del hombre sobre la mujer.

–Buenas noches, lady Maddock –sus ojos adquirieron el tono de los zafiros.

Ellery no estaba acostumbrada a utilizar su título, carente de todo valor, y en boca de Leonardo sonaba ligeramente a burla. Su padre había sido barón, pero el título había desaparecido con él. Su tratamiento era una mera cortesía.

Aun así, no tenía ningún deseo de continuar con la conversación de modo que asintió secamente y despidió a Leonardo.

Pero de repente, y a pesar de sus mejores intenciones de perderlo de vista sin decir una palabra más, Ellery se oyó a sí misma llamándolo.

–¿A qué hora quiere el desayuno?

–Yo suelo desayunar temprano –él hizo una pausa–, aunque siendo fin de semana... ¿le parece bien a las nueve? Le dejaré dormir un poco.

–Gracias –ella lo miró fijamente. Ese hombre era capaz de hacer que cualquier cosa adquiriera un tinte sensual–, aunque no será necesario. Soy muy madrugadora.

–Entonces quizás podríamos contemplar juntos el amanecer –murmuró Leonardo mientras con una última y traviesa sonrisa se marchaba.

Ellery contó hasta diez, y luego hasta veinte, antes de soltar un juramento en voz alta. Esperó hasta oír las pisadas de Leonardo en las escaleras y se abalanzó sobre el teléfono. Era tarde, pero Lil solía estar siempre dispuesta para una charla.

–¿Ellery? Dime que por fin has recuperado el sentido común.

–Estoy a punto –Ellery rió y se llevó el teléfono hasta la despensa, donde había menos peligro de que alguien pudiera oír la conversación.

–Menos mal –se oyó la risa de Lil y una música de

club de fondo–. No entiendo cómo pudiste encerrarte en ese lugar...

–Ya sabes por qué, Lil –Ellery cerró los ojos víctima de una repentina punzada de dolor.

Oyó el suspiro de su amiga. Por mucho que intentara explicárselo, no conseguía hacerle entender cómo había podido cambiar una vida plena en Londres para dedicarse a una mansión decrépita, pero no la culpaba. Ella misma apenas lo comprendía. Volver a la mansión Maddock al saber que su madre pretendía venderla había sido una decisión visceral, emocional e irracional. Sin embargo eso no cambiaba lo que sentía, ni lo mucho que necesitaba quedarse. Al menos de momento.

–¿Ha pasado algo? –preguntó Lil.

–Tengo unos horribles huéspedes –contestó Ellery a la ligera, aunque de repente no le apetecía contarle a su amiga nada sobre Amelie y Leonardo.

–Deshazte de ellos y súbete al primer tren...

–Lil, no puedo. Debo quedarme hasta que... –se interrumpió sin atreverse a continuar.

–¿Hasta que se te acabe el dinero? –su amiga terminó la frase–. ¿Y cuándo será eso? ¿En dos semanas?

–Más bien tres –Ellery consiguió reír tímidamente mientras se deslizaba hasta el suelo y apoyaba la frente en las rodillas–. Sé que estoy loca.

–Al menos lo reconoces –contestó alegremente Lil–. Comprendo que ahora no puedas venir, pero me debes una visita. Esa mansión está acabando contigo, Ellery, y necesitas a alguien que te reanime –el tono de voz se dulcificó–. Vuelve a la gran ciudad. Diviértete. Búscate a alguien.

–No sigas, Lil –le advirtió Ellery con un suspiro, a pesar de saber que su amiga tenía razón.

–¿Por qué no? Supongo que no querrás morir virgen.

Ellery dio un respingo. Lil era su mejor amiga, pero a veces era excesivamente franca. No sabía muy bien por qué, pero siempre se había mantenido al margen del sexo y el amor.

—No busco una aventura —protestó mientras una seductora imagen de Leonardo se colaba en su cabeza.

—¿Y qué tal un fin de semana de chicas? —sugirió la otra mujer.

—Eso suena estupendo, pero...

—¿Pero? ¿Qué excusa tienes esta vez, Ellery?

—No hay ninguna excusa —contestó con algo más de convicción de la que sentía—. Necesito alejarme de aquí. Estuve a punto de perder los nervios con esos estúpidos huéspedes.

—El fin de semana que viene —sentenció Lil—. ¿Tienes alguna reserva prevista?

—No —contestó con fingido optimismo—. Éstos han sido los segundos huéspedes hasta ahora. Me alegra hablar contigo, pero sé que no estás en casa.

—No importa —Lil soltó una carcajada.

—Además estoy agotada —continuó Ellery—. Ya hablaremos.

La conversación le había levantado el ánimo y, desde luego, tenía intención de ir a Londres, pero de momento tenía todo un fin de semana, y dos huéspedes, por delante. Con un suspiro se levantó y se encaminó a su dormitorio.

Leonardo pasó ante la puerta del dormitorio de Amelie, que se había quedado la mejor cama, por supuesto. La única manera de disfrutar de su comodidad sería compartiéndola.

—Ahí dentro hace mucho frío —tras la cena Amelie

se había parado ante la puerta del dormitorio con una sonrisa coquetona que había dejado de divertirle.

—Podrías pedirle a lady Maddock que te subiera una bolsa de agua caliente –había contestado él secamente, apartándose de la puerta para dar mayor énfasis a su mensaje.

—Estoy segura de que la necesitará ella –contestó–. Debe de ser lo único con lo que comparte la cama –añadió con un toque malicioso que a Leonardo nunca le había gustado.

—Bueno, al menos tienes muchas mantas –contestó él mientras miraba la enorme cama, mucho más cómoda que la de la espartana habitación con la que le tocaría conformarse.

Aun así, no sintió la menor tentación, máxime cuando en su mente, y en otras partes del cuerpo, aún perduraba la sensación de la mirada violeta de Ellery Dunant y su reacción ante el ligerísimo contacto con su mano. Ella lo deseaba. No quería, pero lo hacía.

—Buenas noches, Amelie –se despidió antes de dirigirse a su dormitorio sin mirar atrás.

Leonardo hizo una mueca de desagrado ante el decrépito papel pintado y la colcha raída.

Dejó a un lado el vaso con hielo, que no había sido más que un pretexto para volver a ver a Ellery, y abrió la cama. El viento rugía contra las ventanas y sintió un escalofrío. ¿Qué demonios hacía esa mujer en un lugar como ése? Estaba claro que su familia había caído en desgracia y no comprendía por qué no había vendido la propiedad para trasladarse a un lugar más adecuado. Era joven, guapa e inteligente. ¿Por qué desperdiciaba su vida en Suffolk cuidando de una casa que parecía a punto de derrumbarse?

Se encogió de hombros y empezó a desnudarse. Normalmente dormía en ropa interior, pero hacía tanto frío allí que decidió dejarse puesta la camisa y los calcetines.

Dudó seriamente de que el dormitorio de Ellery tuviera calefacción. Se la imaginó con un camisón de algodón blanco de los que se abrochaban hasta el cuello, aferrada a una botella de agua caliente. La imagen le provocó una sonrisa hasta que su mente dio un salto adelante al momento en que le desabrochaba el camisón almidonado...

Se estiró en la cama, dando un respingo al contactar con las gélidas sábanas y volvió a imaginarse a Ellery junto a él, calentando las sábanas. Calentándolo a él.

Él también la calentaría. Le encantaría hacer que la princesa de hielo se fundiera. Desde el otro lado de la puerta le llegó el sonido de pisadas en el pasillo y esperó de todo corazón que no fuera Amelie en un último y patético intento por seducirlo

Su mente volvió a Ellery. Se preguntó si sufría de mal de amores. ¿Esperaba a algún caballero andante que la rescatara? Él, desde luego, no era ni príncipe ni caballero, sino un completo bastardo que lady Maddock jamás consideraría apto como esposo.

Pero... ¿y como amante? Sonrió mientras volvía a oír las pisadas en el pasillo y se estiró en un intento de acomodarse a pesar del incómodo colchón y el frío. ¿Había pasado Ellery delante de su puerta a propósito? ¿Sentía curiosidad? ¿Deseo?

Esperaba que fuera así, porque acababa de decidir que iba a seducirla.

Capítulo 2

ELLERY despertó temprano, decidida a ocupar el día con tareas y recados. Si se mantenía ocupada tendría menos tiempo para pensar. Para soñar.

Precisamente los sueños le habían mantenido despierta e inquieta con un extraño deseo surgido repentinamente de su interior. Una y otra vez había recordado la sensación de los dedos de Leonardo sobre su piel, odiándose por ello. Odiándolo a él.

Se ató el delantal y sacó los huevos de la nevera. Debía terminar el trabajo a tiempo para tomarse el siguiente fin de semana libre, tal y como le había prometido a Lil que intentaría. Sería divertido, aunque seguro que su amiga procuraría, una vez más, convencerla para que regresase a Londres.

El día que había anunciado su intención de regresar a su hogar para sacar adelante la mansión Maddock, su mejor amiga la había mirado como si estuviera loca.

–¿Por qué demonios ibas a querer volver allí? –había exclamado.

Ellery no había sabido contestar. Nunca había sentido un gran afecto por la casa. Cuatro años de internado y tres en la universidad la habían distanciado de aquel lugar.

Aun así, se había empeñado en conservarla mientras pudiera. Tenía la obsesión de que perder la mansión sería perder a su padre. Lo cual era absurdo porque a su padre lo había perdido hacía mucho, mucho

tiempo... suponiendo que alguna vez le hubiera pertenecido.

Con un gesto de desagrado, tomó un tomate del al-
féizar de la ventana y empezó a trocearlo con excesivo
entusiasmo. No le gustaba recrearse en los recuerdos.

—Cuidado con eso o perderá un dedo.

Una vez más, la masculina voz hizo que ella diera un
respingo y se diera la vuelta, cuchillo en mano. Leonardo
estaba apoyado en el marco de la puerta y su aspecto era
aún mejor que la noche anterior. Vestía unos vaqueros
descoloridos y una camiseta gris desgastada que, sin embargo, resultaba de lo más favorecedora sobre Leonardo
de Luca.

—Estoy bien, gracias —contestó secamente—. Y, si no
le importa, preferiría que llamara a la puerta antes de
entrar en la cocina.

—Lo siento —murmuró él sin rastro de arrepentimiento
en la voz.

—¿Necesita algo, señor de Luca? —Ellery forzó una
sonrisa—. El desayuno estará listo enseguida —el viejo
reloj de pared marcaba las nueve menos cuarto.

—¿Por qué no me llamas Leonardo? —sugirió él con
una sonrisa.

—Me temo que la política de la mansión no incluye dirigirse a los huéspedes por su nombre de pila —era mentira y, por la expresión de Leonardo, se había dado cuenta
de ello.

—¿Política de la mansión o de lady Maddock?

—No utilizo el título —le aclaró Ellery secamente—.
Puede llamarme señorita Dunant —sonaba pomposo, absurdo, y deseó por un instante ser otra persona, sentir
que nada importaba.

—Señorita Dunant —repitió él—. Yo preferiría algo
menos formal, pero si insiste... —respiró hondo y sonrió

con esa languidez habitual que hacía que el corazón de Ellery se acelerara.

–¿Le acompañará la señorita Weyton para desayunar?

–No –Leonardo sonrió–. La señorita Weyton se marcha esta misma mañana.

–¿Cómo? –Ellery no pudo disimular el espanto que sentía, no sólo por el dinero que perdería, sino por perderse también la compañía de Leonardo. No quería que se marchara.

–Tiene que volver al trabajo –continuó él reflejando cualquier cosa menos pesar–. Sin embargo, yo me quedaré todo el fin de semana.

–¿Usted se queda? –Ellery se quedó sin respiración–. ¿Solo?

Mientras hablaba, Leonardo se había acercado a menos de treinta centímetros de ella.

–Bueno, yo no diría que vaya a estar solo –murmuró él mientras tomaba un mechón de los rubios cabellos entre sus dedos y los colocaba tras la oreja de Ellery–. Estaré con usted.

La joven dio un paso atrás en un intento de alejarse del peligro y de la tentación de un hombre que nunca podría gustarle. Un hombre sin duda dispuesto a usarla para después deshacerse de ella, o de cualquier otra mujer, como su padre había hecho con su madre.

–Me temo que estaré ocupada casi todo el fin de semana –precisó–, pero estoy segura de que apreciará la paz de Maddock Manor, sobre todo siendo un hombre tan ocupado...

–¿Soy un hombre ocupado? –Leonardo sonrió divertido ante la retirada de Ellery.

–Supongo que... –ella se encogió de hombros y extendió las manos sin darse cuenta de que aún sujetaba el cuchillo en una de ellas.

–Cuidado con eso –murmuró él cuando el cuchillo pasó rozando su abdomen.

–¡Oh! –exclamó Ellery mientras soltaba el cuchillo. Respiraba agitadamente, visiblemente molesta por el efecto que le provocaba ese hombre y se volvió hacia el cuenco en el que había estado batiendo los huevos–. Si me lo permite, terminaré de preparar el desayuno.

–Como quiera –contestó Leonardo–. Pero esta tarde va a tener que enseñarme estas tierras.

Ellery no tenía ninguna intención de enseñarle nada a Leonardo de Luca.

El fin de semana se le antojaba cada vez más largo.

Leonardo se paseó por las estancias vacías mientras esperaba el desayuno. Estancias elegantes y señoriales. No costaba mucho esfuerzo imaginarse cómo debían de haber sido.

Le pareció oír a Amelie recogiendo su equipaje. No le había gustado lo más mínimo que la obligara a marcharse de la mansión.

–He estado pensando en tu idea de utilizar la mansión para el lanzamiento de *Marina*. Y creo que tienes razón –había tropezado con ella al pasar junto a su dormitorio.

–Lo sabía –los labios pintados se habían curvado en una sonrisa de satisfacción.

–Y –había añadido él en tono implacable– necesito que vuelvas esta misma mañana a la oficina para empezar con el papeleo. Yo me ocuparé de Ellery.

–¿Te ocuparás de Ellery? –Amelie había sonreído forzadamente–. Bueno, al menos perderé de vista este agujero, de momento.

Olvidada Amelie, todos los sentidos de Leonardo se centraron en la reacción de Ellery al oírlo entrar en la cocina. Iba a ser un fin de semana interesante, y muy agradable.

Ellery llenó un plato con huevos revueltos, champiñones fritos, beicon, tomate asado y judías blancas. Con la mano libre agarró las tostadas y el ketchup y se dirigió al comedor.

A lo lejos oyó una puerta cerrarse de golpe y un coche que arrancaba a toda velocidad.

–Debe de ser Amelie –observó Leonardo visiblemente complacido.

–¿Tanta prisa tenía? –preguntó ella con frialdad ignorando el martilleo de su corazón. Dejó el plato sobre la mesa y se dirigió en busca del café–. Vuelvo enseguida.

–Espero que traiga también su plato –Leonardo percibió la tensión que se apoderaba de la joven acompañada de un leve estremecimiento–. No me gusta comer solo.

–Yo como en la cocina –contestó ella.

–Entonces permítame acompañarla.

–¿Exactamente qué quiere de mí, señor De Luca?

–¿Acaso la simpatía no forma parte del paquete de fin de semana?

–Me gusta mostrar simpatía y profesionalidad –contestó ella secamente.

–Hablando de profesionalidad –él cambió de tema–. Quiero hacerle una propuesta.

–No puede hablar en serio –Ellery no disimuló su incredulidad. La idea de que un hombre adinerado como Leonardo tuviera el menor interés en ella o en Maddock Manor era completamente absurda.

–¿Así reacciona a las propuestas de negocios? –Leonardo le dedicó una sonrisa burlona.

Ellery rechinó los dientes, y no por primera vez desde la llegada de ese hombre y su amante, la cual se había marchado sin duda a instancias de Leonardo. ¿Por qué se había desecho de esa mujer? ¿Para pasar a otra?

¿Para pasar a ella?

Enseguida desechó la alarmante, y tentadora, posibilidad. Debía de haber algún otro motivo para su continua presencia. Era evidente que estaba acostumbrado a hoteles de cinco estrellas, tal y como le había aclarado Amelie el día anterior, y tal y como le había confirmado todo en él, desde el Lexus color azul marino que conducía hasta su pose relajada vestida con ropa de fingida gama baja. Ese hombre exudaba poder y lujo.

Maddock Manor estaba muy por debajo de su categoría. Y ella también.

–Es evidente que es una persona importante y adinerada –se sinceró–. No me imagino ninguna propuesta de negocios suya que implique a Maddock Manor, o a mí.

–Pues se equivoca –le corrigió él–. Y mi desayuno se está enfriando. ¿Vamos?

Ellery se rindió. No tenía ninguna posibilidad contra un hombre como él, habituado a salirse con la suya. Además, estaba cansada de luchar. Agotada.

–Muy bien –asintió–. Podemos desayunar en la cocina.

Mientras Leonardo tomaba asiento, ella se sirvió un plato de huevos y champiñones.

–Esta estancia debió de ser muy acogedora –observó él mientras probaba uno de los champiñones–. Esta mesa podría acomodar a una docena de personas, y supongo que en la época de esplendor de la casa sería así –sonrió–. ¿Cuándo fue esa época?

–¿La época de esplendor? –Ellery se puso tensa mientras, para su propia sorpresa, emitía un revelador suspiro–. Seguramente durante el siglo XVII. Creo que los Dunant fueron originariamente puritanos y mantenían buenas relaciones con Cromwell.

–¿Y lo perdieron todo durante la Restauración?

–No creo –Ellery se encogió de hombros–. Cambiaron de bando al menos una docena de veces –llenó dos tazones con café–. Los Dunant no son famosos por su fidelidad–. Tenga.

Dejó una taza frente a Leonardo y se sentó al otro extremo de la mesa. Resultaba un poco ridículo estar tan separados, pero no iba a darle la menor oportunidad de que la tocara.

«Aunque te gustaría que lo hiciera...».

–Gracias –murmuró él mientras probaba un sorbo de café.

Ella empezó a comer con tesón. No quería hablar con Leonardo. No quería que flirteara o bromeara con ella, ni que la tentara. Sin embargo, mientras reflexionaba sobre ello, la comida dejó de tener sabor y supo que ya sentía la tentación. Y recordó la descarga que había recorrido su cuerpo, directa al alma, cuando le había agarrado la muñeca.

Salvo que el alma no tenía nada que ver con aquello. La tentación que le provocaba Leonardo de Luca era puramente física. Debía serlo por fuerza, puesto que era la clase de hombre que ella odiaba. La clase de hombre que había sido su padre.

Levantó la vista y contempló su rostro, increíblemente hermoso. Se detuvo en la línea recta de la nariz, las oscuras cejas, los carnosos labios. Y se imaginó esos labios tocándola.

–¿Sucede algo? –preguntó Leonardo.

–¿Qué quiere decir? –espetó ella mientras se mordía el labio nerviosa. La había pillado.

–Parecía un poco... disgustada –él dejó la taza sobre la mesa y la miró divertido.

–¿Disgustada? –repitió Ellery mientras se levantaba bruscamente de la mesa y retiraba su plato–. Tengo muchas preocupaciones.

–Un desayuno delicioso, gracias –Leonardo se acercó al fregadero y sorprendió a Ellery enjuagando el plato y la taza antes de colocarlos en el lavavajillas.

–Gracias –balbuceó ella conmovida–. No hace falta que limpie...

–Por increíble que parezca, soy capaz de recoger unos cuantos platos –sonrió.

El corazón de Ellery se encogió y se dio la vuelta, afanándose en limpiar la mesa y apagar la cafetera. Por el rabillo del ojo vio a Leonardo apoyado contra el marco de la puerta.

–¿Qué tal si me enseña la propiedad mientras discutimos mi propuesta de negocios?

–Es que estoy muy ocupada –se había olvidado por completo de la propuesta.

–Le aseguro que merecerá la pena –Leonardo sonrió y le arrancó la bayeta de las manos, arrojándola al fregadero–. Una hora como mucho. ¿No podría concedérmelo?

Ellery titubeó. No le quedaban más excusas, ni las deseaba. Por una vez, deseaba poder disfrutar de la tentación en lugar de resistirse a ella. Una hora no le haría ningún mal.

–De acuerdo –dejó escapar el aire lentamente–, pero debemos ponernos botas de agua –señaló los zapatos de cuero de su huésped–. Anoche llovió y hay mucho barro.

–Pues me temo que no he traído botas de agua –murmuró él.

–Por suerte disponemos de varias para los invitados –Ellery frunció los labios.

–¿Disponemos?

–Quiero decir, dispongo –ella se sonrojó–. Llevan ahí desde que yo era pequeña, cuando teníamos invitados.

De repente sintió un nudo en la garganta e intentó no pensar en los días en los que Maddock Manor había rebosado de gente y risas. Cuando las habitaciones olían a flores frescas y a la cera de abejas usada para dar brillo a la madera. Eran tiempos de felicidad.

En realidad, eran tiempos de aparente felicidad, se corrigió mentalmente mientras buscaba un par de botas que pudieran valerle a Leonardo.

Leonardo siguió a Ellery hasta el jardín. Casi todas las plantas estaban muertas y el césped estaba lleno de calvas embarradas. Se imaginó a su anfitriona cultivando el huerto, una actividad laboriosa y solitaria. Y de repente, sintió una extraña sensación en el corazón.

Era algo parecido a la compasión, nada propio de él. Se había esforzado demasiado para salir adelante en la vida como para sentir pena por una aristócrata caída en desgracia.

Y sin embargo, mientras contemplaba a la joven caminando delante de él se sorprendió de nuevo por una ligera punzada de compasión.

No pudo evitar sonreír al pensar en lo espantada que se sentiría Ellery si lo supiera. Lady Maddock era muy orgullosa y parecía adorar esas tierras tanto como lo despreciaba a él, reacia a pasar más tiempo del necesario en su compañía. Era evidente que luchaba contra la atracción que sentía por él, aunque esa resistencia no le iba a durar mucho tiempo.

Se moría de ganas de soltarle la mata de cabellos dorados de ese horrible moño y de deslizar sus manos por la blanca piel para comprobar si era tan suave como parecía... por todas partes. Quería transformar ese gesto de desdén en uno de deseo. Y lo haría.

–¿Tiene plantado un huerto? –Leonardo señaló una hilera de matas de judías.

–Sí –Ellery se volvió con las manos en los bolsillos de la chaqueta–, uno pequeño.

Miró a su alrededor y recordó lo que había sido ese huerto. Ella sólo había conseguido cultivar unas pocas patatas y chirivías, pues había descubierto que no tenía la mano verde.

–No es fácil arreglárselas sola –explicó–, pero algún día... –se paró en seco. Algún día, ¿qué? Cada día que pasaba en Maddock Manor era más consciente de lo inútil de su empeño. Jamás saldría adelante sola, ni tendría el dinero suficiente para las reparaciones necesarias. Jamás vería cómo la mansión recuperaba el esplendor del pasado.

Se alejó del huerto y condujo a su huésped hacia los establos cercanos a la propiedad.

–¿Y cuál era esa propuesta de negocios? –preguntó.

–Me gustaría ver los establos –contestó él.

Ellery reprimió un gruñido. Había accedido a enseñarle la propiedad, harta de su insistencia, y porque en un momento de locura había deseado disfrutar de su compañía.

Sin embargo, en esos momentos, mientras Leonardo lo inspeccionaba todo, no sentía ninguna excitación, sólo una punzada de desesperación al ver pasearse a un hombre, que no parecía haber pasado un solo día de privaciones, por las ruinas de su propio fracaso.

–Un edificio encantador –murmuró él mientras entraban en la penumbra del establo.

–Lo fue –admitió ella.

–La suya no es la primera casa solariega que se hunde.

Ellery asintió con pesadumbre. El fenómeno se repetía por toda Inglaterra. Las mansiones, agobiadas por los gastos y los impuestos de sucesión, pasaban a manos del patrimonio nacional o de empresas privadas, hoteles, parques de atracciones o incluso algún zoo.

–¿No se le ha ocurrido transformar este lugar en un parque o un museo? –Leonardo deslizó una mano por un objeto cubierto por una loneta.

–No –se resistía a que Maddock Manor dejara de ser el hogar que había sido. Su hogar, un lugar que la definía, porque temía que, si perdía la casa, no le quedaría nada que indicara lo que era. La hija de su padre–. No soportaría ver una montaña rusa en el jardín.

–Tampoco haría falta llegar a eso –Leonardo la miró divertido.

–No tengo dinero para hacer reformas, al menos a gran escala –Ellery se encogió de hombros–. La única opción sería entregársela a los especuladores.

–¿Le han hecho alguna oferta?

–No, en realidad no –ella suspiró. Había muchas mansiones en venta y Maddock Manor estaba en muy mal estado–. Estamos un poco lejos de las carreteras.

–Me sorprende que Amelie lo encontrara siquiera –él asintió.

–Tengo una página web –exclamó la joven irritada.

–Vaya –Leonardo tiró de la loneta–. Si no me equivoco, aquí debajo hay un coche.

–Es un Rolls-Royce –el corazón de Ellery se detuvo un segundo.

Leonardo retiró la loneta y ambos contemplaron el vehículo plateado que resplandecía incluso en la penumbra del establo.

–Un Silver Dawn –murmuró Leonardo mientras acariciaba la carrocería–. De los años 1940. Está en un estado impresionantemente bueno.

–Era de mi padre –le explicó Ellery.

–¿Ha fallecido?

–Hace cinco años –ella asintió.

–Lo siento. Usted debía de ser muy joven.

–Diecinueve –ella se estremeció ligeramente. No deseaba hablar de ello, sobre todo con Leonardo, un extraño. Ni siquiera le gustaba hablar de su padre con los amigos íntimos.

–Podría venderlo –comentó él mientras tapaba el coche nuevamente con la loneta.

–A lo mejor no quiero venderlo –espetó Ellery sintiendo una punzada de dolor.

–Debe de valer al menos cuarenta mil libras –Leonardo la miró imperturbable.

Ella no tenía ni idea de que pudiese valer tanto. Aun así, en otro impulso emocional e irracional, sabía que jamás lo vendería. Se dio media vuelta y salió del establo.

–Algunas cosas no están en venta –susurró tras cerrar la enorme puerta de madera.

–Cuarenta mil libras marcarían una gran diferencia para un lugar como éste –observó él con cautela–. Para empezar, podría cortar el césped con más regularidad.

–¿Y por qué le importa tanto? –ella se revolvió furiosa–. Lleva aquí menos de veinticuatro horas y ya opina que mi casa es una ruina. Además, no recuerdo haber pedido su opinión.

Y sin una palabra más se marchó de vuelta a la casa, pisando con fuerza en los charcos y salpicando, con no poca satisfacción, los pantalones de Leonardo.

Capítulo 3

AL REGRESAR a la casa, Ellery se limpió las botas y las dejó sobre el escalón de piedra de la entrada. Las manos le temblaban de ira mientras abría la puerta trasera. Estaba enfadada consigo misma por estar enfadada con Leonardo, que no merecía el desgaste emocional.

Por no mencionar la energía física. A última hora de la mañana ni siquiera había fregado los platos del desayuno ni hecho las camas, ni ninguna de las miles de cosas cotidianas.

El estúpido y arrogante Leonardo de Luca le había hecho perder el día, pensó furiosa. Le había obligado a ver Maddock Manor como ella intentaba no verlo. Se mataba a trabajar por algo que sabía que no tenía sentido y Leonardo, con su coche de lujo y ropa de diseño, y esa sonrisita, le había hecho ser consciente de la inutilidad de su empeño.

Pero lo peor de todo era la traicionera reacción de su cuerpo ante un hombre que ni siquiera le gustaba. Sabía bien la clase de hombre que era, lo había sabido desde el instante en que había aparecido al volante de su elegante Lexus, arrojando las llaves sobre la mesita del recibidor de la mansión, como si fuera de su propiedad. Lo había visto en la manera descuidada con que trataba a su amante, Amelie. Y lo sabía por la manera en que la trataba a ella, con sus miraditas especulativas y el ligero

tono burlón al hablar. Estaba jugando con ella y disfrutaba haciéndolo. Y el que su cuerpo reaccionara ante él
era irritante a la par que humillante.

–Lo siento.

Ellery se volvió bruscamente. Leonardo estaba en la
puerta de la cocina, descalzo.

–¿Lo siente? –repitió ella como si sus palabras no
tuvieran sentido. Era lo último que se esperaba de un
hombre como él.

–Sí –insistió él–. Tiene razón. No debería darle consejos. No es asunto mío.

Ella lo miró estupefacta. Los ojos azules habían adquirido un tinte oscuro y le desconcertaba la mirada seria y arrepentida que le hacía dudar de su sinceridad.

–Gracias –contestó al fin–. Yo también lo siento. No
suelo insultar a mis huéspedes.

Una sonrisa asomó a los labios de Leonardo cuyos
ojos brillaron nuevamente azules como el mar. La trans-
formación hizo que Ellery sintiera un cosquilleo en su
interior, una debilidad provocada por el deseo, una sensación que no conseguía reprimir y que ascendía como
una ola barriendo con ella toda la ira que había sentido.

–Pero claro, yo no soy un huésped como los demás,
¿verdad? –susurró él seductoramente.

–Un poco más exigente –asintió ella con la sensación de estar coqueteando.

–Entonces debería recompensarla –contestó Leonardo–. ¿Qué tal si preparo yo la comida?

–¿Sabe cocinar? –ella sintió un escalofrío de placer
ante la mera idea.

–Algunas cosillas.

Ellery dudó. Se adentraban en un nuevo terreno, primero con el ligero flirteo y luego con la idea de Leonardo de cocinar para ella. Un terreno muy peligroso.

Pero también excitante. Hacía mucho que no se sentía tan viva, desde que se había enterrado en aquel lugar, en el último rincón de Suffolk.

–De acuerdo –asintió al fin con una mezcla de resignación y anticipación en la voz que no pasó desapercibido para Leonardo a juzgar por la traviesa sonrisa que le dedicó.

–Genial. ¿Dónde están los cazos?

Con una tímida sonrisa y reprimiendo una carcajada, Ellery le mostró dónde se encontraba todo lo necesario y en pocos minutos su huésped empezó a cortar unos tomates con sorprendente agilidad mientras una cazuela de agua burbujeaba al fuego. Sabía que debería irse a hacer las camas, pero era incapaz de apartar la mirada de ese hombre que se movía por la cocina con elegancia y facilidad.

–¿Cómo aprendió alguien como usted a cocinar?

–¿Alguien como yo? –él se puso tenso durante unos segundos antes de mirarla inquisitivo–. ¿Qué significa eso?

–Es rico, poderoso, con títulos –Ellery se encogió de hombros sin intención de ofender, aunque por la rigidez de su huésped tuvo la impresión de que lo había hecho.

–¿Con títulos? –repitió él con amargura–. Me temo que no. Usted es la del título aquí.

–No me refiero a un título nobiliario –ella estaba casi segura de haberse imaginado el tono de amargura en su voz–. A fin de cuentas son inútiles...

–¿En serio?

–El mío lo es –Ellery extendió los brazos como si abarcara toda la propiedad, toda su vida–. No es más que una cortesía porque mi padre fue barón. Además, ¿qué tiene de bueno ser lady Maddock si tienes que dar tu vida para pagar los impuestos?

–No hay nada seguro, salvo la muerte y los impuestos –murmuró Leonardo mientras picaba dos gruesos dientes de ajos.

–Cierto –ella hizo una pausa, sin poder ni querer manifestar lo sorprendida, e inquieta, que se sentía por la recién descubierta faceta de su huésped–. Los hombres como usted no suelen adquirir las habilidades básicas para la vida.

–Los hombres como yo... –repitió él de nuevo–. Supongo que porque siempre hay alguien que lo hace todo por nosotros, ¿correcto? –hizo una pausa–. Por suerte, mi madre tenía una visión más prosaica de la vida y se aseguró de que aprendiera todo lo necesario –sonrió tímidamente provocando una extraña sensación en el estómago a Ellery.

–Entiendo –murmuró la joven mientras se sentía ruborizar. De repente hacía mucho calor.

–Podremos comer en cuanto esté cocida la pasta –anunció Leonardo–. Me temo que no he preparado más que una sencilla salsa de tomate. Mis habilidades son muy básicas cuando se trata de cocinar –por el tono de voz daba la impresión de que sus habilidades fuera de la cocina eran mucho más avanzadas.

Por ejemplo en el dormitorio.

Aunque quizás no fueran más que los desesperados pensamientos que la dominaban, pensó Ellery fascinada por la rapidez y la agilidad con que las fuertes manos se movían. Contempló los rayos de sol que danzaban sobre los oscuros rizos mientras inclinaba la cabeza y casi se sintió mareada de deseo.

Todo aquello tenía que terminar, se dijo. No tenía ninguna intención de implicarse, en ningún aspecto, con Leonardo de Luca. Quizás sintiera una atracción de considerable intensidad por él, pero sólo porque había rechazado su propio cuerpo durante mucho tiempo, pero no tenía ninguna intención de remediarlo. No podía.

La idea de intimar, mostrarse vulnerable, con alguien como Leonardo, le provocaba escalofríos. Ese hombre le daría la espalda sin dudarlo un segundo. Era evidente que, para él, las mujeres eran juguetes, una mera diversión. Sin duda su idea era divertirse con ella con la intención de aliviar un largo y solitario fin de semana. ¿Por eso se había quedado? ¿Para sacudirse el aburrimiento de encima? La propuesta de negocios no era más que un pretexto.

–Creo que ya está –Leonardo se asomó a la burbujeante cacerola.

–¿No se supone que debe pegarse a la pared? –Ellery se esforzó por centrarse en la conversación.

–No son más que mitos –él hizo una mueca–. Un italiano sabe cuándo están hechos los espaguetis, simplemente mirando.

–¿En qué parte de Italia se crió? –preguntó ella. Fue una pregunta impulsiva que rompió el muro que ella misma había levantado entre el huésped y la anfitriona. Sus defensas se derrumbaron a pesar de su intención de no implicarse.

Sin embargo, siguió haciéndole preguntas sin moverse de la cocina. Mente y cuerpo se habían declarado la guerra.

–Nací en Umbría –Leonardo escurrió la pasta y la repartió en dos platos–. Cerca de Spoleto, en mitad de ninguna parte.

–¿Su familia sigue allí?

–Ya no –contestó él tras una larga pausa, como si las preguntas empezaran a resultarle invasivas–. Y ahora, a comer –sentenció mientras llevaba los platos a la mesa.

Colocó ambos platos al mismo lado de la mesa dejando a Ellery poca alternativa salvo la de sentarse a su lado si no quería resultar grosera llevándose su plato al otro extremo.

–No muerdo, ¿sabes? –Leonardo percibió la duda de la joven–. A no ser que me lo pidan.

–¡Por favor! –ella puso los ojos en blanco mientras se sentaba.

Durante unos minutos comieron en silencio, resultando la situación sorprendentemente amigable. De vez en cuando la rodilla de Leonardo rozaba la suya y Ellery no podía evitar preguntarse si sería accidental o no. Él no parecía darse cuenta de que se tocaban, aunque sin duda percibiría su reacción. Cada vez que la masculina rodilla presionaba contra la suya, todo su cuerpo se tensaba como si se preparase para un ataque.

Y en efecto era un ataque para los sentidos, pues cada vez que la tocaba sentía cómo su cuerpo y su determinación flaqueaban. El placer y el deseo la desbordaron hasta que no pudo pensar en nada que no fuera la felicidad física de ser tocada.

Quería ser tocada, deseada, amada, aunque sólo fuera por una fugaz diversión.

«No», se avergonzó. No podía tolerar esos pensamientos, sentir de ese modo. Sin embargo, su cuerpo tenía otra opinión. Su cuerpo quería más.

Y así su cuerpo la traicionó. Sin ser plenamente consciente de lo que hacía, rozó la pierna de Leonardo con un pie, sintiendo los fuertes músculos. Él ni siquiera se inmutó y ella sintió una ridícula punzada de desilusión. ¿Qué demonios estaba haciendo?

Y lo peor de todo era que Leonardo ni siquiera se había dado cuenta.

A lo mejor no había tenido intención de tocarla y el roce con la rodilla había sido puramente accidental. A lo mejor la atracción que sentía no estaba más que en su cabeza y en su cuerpo que hervía con los deseos, tanto tiempo reprimidos. Leonardo no parecía sentir nada y, si bien debería suponer un alivio para ella, le hizo sentirse frustrada.

De repente, él alzó la vista y sonrió, y Ellery supo que la había pillado observándolo. Para disimular, se concentró en su plato de pasta.

—Y ahora cuénteme esta propuesta de negocios, suponiendo que exista.

—¿Acaso duda de mí? —preguntó Leonardo divertido—. Lo cierto es que soy el dueño de una cadena de grandes almacenes, De Luca's —alzó una ceja—. ¿Ha oído hablar de ella?

Ellery asintió. Por supuesto que había oído hablar de De Luca's, había una en la mayoría de las grandes ciudades europeas. Sin embargo, no se podía calificar de «grandes almacenes», era demasiado exclusivo para eso. Ella jamás había podido permitirse comprar allí. Debería haber establecido la conexión antes, al conocer el apellido de su huésped, una persona poderosa y extremadamente rica.

La mansión sería casi una chabola para él.

—A Amelie se le ha ocurrido que éste sería el lugar ideal para el lanzamiento de una colección —continuó él—. Una nueva línea de alta costura que yo patrocino.

—¿Quiere montar una sesión de fotos aquí? —Ellery lo miró boquiabierta, olvidando la comida. Olvidando su deseo por él.

—¿Tan raro sería? —Leonardo sonrió.

—Pues sí. Hay docenas, cientos, de mansiones en mejor estado que Maddock Manor –una expresión de dolor asomó a su rostro–. ¿Por qué elegir un lugar de tercera categoría?

–No parece tener en gran estima su hogar –él no había dejado de sonreír.

–Soy realista –contestó ella–. Pero me parece que usted no.

–Maddock Manor tiene cierto... aire perfecto para la sesión de fotos.

Ellery lo miró durante largo rato en un intento de asimilar sus palabras. Algo no encajaba, porque no era posible que una de las tiendas más exclusivas de Europa quisiera lanzar su nueva línea en una casa en ruinas en el Suffolk profundo. ¿O sí?

–¿Lo hace por compasión? –ella entornó los ojos.

–¿Compasión? –repitió él como si la palabra le fuera desconocida.

Y antes de que ella pudiera replicar, le acarició la comisura de los labios con el pulgar.

Instintivamente, Ellery separó los labios y emitió un pequeño suspiro que la traicionaba.

–Tenía un poco de salsa pegada –la sonrisa de Leonardo se hizo más amplia y burlona.

Ella se sonrojó violentamente. Siempre se había ruborizado con facilidad y no lo soportaba, sobre todo porque la descubría ante Leonardo.

Aunque quizás simplemente había pretendido limpiarle un pegote de salsa, nada más, y ella había visto algo más por culpa de su desesperada necesidad.

Se puso en pie y llevó los platos al fregadero, dándole la espalda deliberadamente.

–¿Ellery? –susurró él.

Ellery dejó caer los platos en la pila y contempló cómo uno de ellos se partía por la mitad. No soportaba

sentirse tan confusa mientras Leonardo parecía del todo
ignorante de la batalla que se libraba en su interior.

Lo oyó levantarse de la mesa y lo sintió de pie, muy
cerca. Sintió su calor y su fuerza. Incluso inhaló el ya
familiar aroma de su loción de afeitar.

–¿Por qué lo hace? –preguntó ella sin importarle
quedar en ridículo. Tenía que saberlo. ¿Se había dado
cuenta del efecto que le provocaba? Sin duda se estaría
divirtiendo de lo lindo.

–¿Hacer el qué?

–Seducirme –ella se volvió–. Con esa ridícula propuesta de negocios, con... –tragó con dificultad–. ¿Se
está divirtiendo porque su amante se ha marchado esta
mañana? Ya que no hay nadie más disponible, ha decidido que yo le serviría –las acusaciones surgieron a bor-
botones–. No necesito su compasión, señor...

–¿Cree que siento compasión? –él la obligó a callar
presionando un dedo contra sus labios.

–Sé que lo hace –Ellery respiró agitadamente mientras percibía el gusto salado de la piel de Leonardo–. Lo
veo cada vez que inspecciona este lugar. Opina que no
es más que una decadente ruina como su... amante lo
llamó anoche –estaba mucho más furiosa de lo que la situación exigía, y no le cabía duda el motivo. Leonardo
le recordaba a su padre. Trataba a Amelie, y a ella, como
su padre había tratado a su madre. Como un objeto de
usar y tirar, sin tener en cuenta la tristeza o el dolor que
causaba.

–Amelie no es mi amante –contestó Leonardo con
calma.

–¿Y espera que me lo crea? –Ellery se mofó a pesar
de la ridícula esperanza que sentía.

–Me temo que creerá lo que quiera creer –él se encogió de hombros–. Admito que no sé de dónde se ha sa-

cado esas ideas sobre mí. Amelie es la jefa de relaciones públicas de mi empresa. Por eso estaba aquí, buscando el lugar adecuado para el lanzamiento.

—No supondrá que voy a creerme que alguien encuentre este lugar adecuado.

—Es obvio que tú no —susurró él—. ¿Qué haces aquí, Ellery? ¿Por qué te quedas? Me pregunto si esta mansión te gusta siquiera.

Las preguntas eran demasiado reveladoras. Se acercaban demasiado a la verdad y no estaba dispuesta a contestarlas, ni a proporcionarle a Leonardo más información.

Intentó apartarse de él, pero su dedo seguía posado sobre sus labios y empezaba a deslizarse bajo la barbilla, obligándola a levantar la vista.

—Ellery, no te tengo compasión. Reconozco que no me sería fácil cuidar de un lugar como éste como haces tú, pero eso no se puede traducir en compasión.

—Cuando suena, parece y huele a compasión, suele serlo —contestó ella intentando en vano apartar su rostro de él.

—Te aseguro —Leonardo sonrió mientras inclinaba la cabeza hacia ella— que esto no lo es.

Antes de que Ellery pudiera protestar, los labios de Leonardo se posaron sobre los suyos y la besó como jamás la habían besado, eliminando todo rastro de decisión.

Durante unos segundos se sintió demasiado aturdida y sorprendida para reaccionar. Y de repente sus sentidos tomaron el mando y su cuerpo entró en acción respondiendo por voluntad propia, sin pedir el permiso de la aún reticente mente.

Apoyó los brazos sobre los fuertes hombros y extendió los dedos sobre la musculosa espalda, echando la cabeza hacia atrás, arqueando el cuerpo, sinuosa y sensual como un gato. Un sonido desconocido para ella escapó de sus propios y temblorosos labios.

Leonardo intensificó el beso.

Sus manos se habían deslizado por la espalda de Ellery y estaban apoyadas en las caderas, atrayéndola hacia sí, intensificando el contacto. A través de la fina tela de la camiseta, le acarició un pecho, sin despegar los labios de los suyos.

La sacudida provocada por la caricia hizo que Ellery reculara hasta golpearse la espalda contra el fregadero. El nebuloso instante de deseo había dado paso a una realidad cristalina y se sintió enferma, con un regusto a bilis en la boca.

—No lo hagas —suplicó mientras el corazón martilleaba con fuerza contra su pecho.

—¿Que no haga qué? —Leonardo sonrió. Aparte de los cabellos ligeramente revueltos, parecía tan tranquilo—. ¿Parar?

—No juegues conmigo —exclamó Ellery.

—¿Y por qué crees que juego contigo, Ellery? —durante un instante pareció desconcertado—. Yo te deseo. Tú me deseas. En realidad es muy sencillo —su expresión adquirió un tinte de severidad—. No tiene por qué ser tan complicado.

Ella sacudió la cabeza. Sentía un nudo en la garganta y los ojos se le llenaron de lágrimas. Si hablaba se delataría, de modo que se mordió el labio. No era sencillo, al menos para ella. Pero no podía explicárselo a Leonardo, sobre todo porque apenas lo comprendía ella misma. Sólo sabía que, si se entregaba a un hombre como él, de esa manera, no se reduciría a un sencillo placer físico.

Sería vender su alma.

Sacudió la cabeza una vez más, consiguiendo que surgiera la voz de su garganta.

–No –insistió y, tras darle un empujón, huyó de la cocina.

Leonardo intentó asimilar lo sucedido. Lo que había empezado de un modo tan prometedor, había terminado en un desastre. Ellery Dunant le había dado la impresión de estar al borde de las lágrimas. ¿Tanto le había afectado un simple beso?

Aquello no pintaba bien para sus planes de seducción.

Malhumorado, se acercó a una ventana que se asomaba al jardín. El sol hacía brillar los charcos y la hierba parecía de plata. Había una belleza extraña, casi etérea, en aquel lugar y comprendió por qué Amelie lo había considerado como el escenario idóneo para lanzar la colección de primavera de De Luca's.

Ellery le parecía un poco como su adorada mansión. Se envolvía en ropa sencilla y peinados poco favorecedores, pero no podía ocultar la belleza subyacente, la belleza que él veía en sus ojos color violeta y en la elegante estructura ósea. Y no sólo había visto belleza, también deseo. Lo había visto en su tembloroso cuerpo y en los ojos que habían adquirido el color de la tormenta cuando la había besado.

No había sido su intención besarla. Apoyados contra un fregadero no era la forma más cómoda de seducir. Sin embargo, al sentir la aterciopelada suavidad de sus labios contra su dedo, piel contra piel, no había podido reprimirse. No había podido desear nada más. Besarla no había sido un capricho, sino una necesidad.

Leonardo emitió un suspiro de frustración. ¿Qué había significado ese beso para Ellery? A juzgar por su reacción, apostaría por un despertar. Aun así, la mirada de espanto mientras huía de la cocina, y de él, le hizo preguntarse si no habría sido una traición.

Desechó los pensamientos. No estaba para filosofías baratas sobre un inocente beso. Desde luego no le iba a dar mayor importancia. Sólo quería disfrutar de un placentero fin de semana y, si Ellery Dunant no podía con ello, entonces la dejaría tranquila.

A fin de cuentas, decidió, esa mujer no era nada especial. Y, dado que nunca mezclaba negocios con placer, lo mejor sería olvidarla. Pasar a otra cosa. En eso era un experto.

Aun así, siguió de pie contemplando el ruinoso jardín a través de la ventana y en su mente sólo se formaba una imagen, la del dolor reflejado en los ojos color violeta.

Capítulo 4

DURANTE el resto del día, Ellery no volvió a ver a Leonardo. Tras huir de la cocina, presa de la vergüenza y la ira, había decidido ocuparse de las camas. Necesitaba trabajar, hacer algo y no pensar. Necesitaba recuperar el equilibrio y el sentido común.

Sin embargo no lo consiguió. Al entrar en el dormitorio principal y ver las sábanas revueltas y las ascuas del fuego en la chimenea, tuvo que apoyarse contra uno de los postes mientras se imaginaba a Leonardo y Amelie en esa cama.

Rechazó los pensamientos, junto con los absurdos celos que los acompañaban, y arrancó las sábanas para llevarlas a la vieja lavadora. Sin embargo se paró en seco al ver la puerta del dormitorio contiguo abierta de par en par. Tenía la costumbre de cerrar todas las puertas, en un fútil intento de conservar el calor en las estancias principales de la casa.

Al entrar en el pequeño dormitorio miró sorprendida a su alrededor. La cama estaba impecablemente hecha y junto a ella había un par de zapatos de hombre. La bolsa de viaje con la que Leonardo había llegado el día anterior estaba junto a la ventana y el abrigo colgado en el armario.

¿Había dormido allí? ¿Se había peleado con Amelie? ¿Le había dicho la verdad?

Ellery se acercó un poco más a la cama y alisó la

colcha antes de ceder al impulso de olfatear la almohada. Olía a la cítrica loción de afeitar de Leonardo.

De repente se sintió extrañamente turbada y durante toda la tarde su mente estuvo ocupada por inquietantes pensamientos. ¿Le había juzgado mal? ¿Qué clase de hombre era en realidad? Se preguntó hasta qué punto sus suposiciones se habían basado en su propia experiencia y no en lo que había visto y oído.

–Debió de pelearse con Amelie –murmuró mientras se dirigía a la cocina–. Se fue a dormir a otra habitación y ella se marchó esta mañana hecha una furia.

Besar y desear a un hombre como Leonardo era traicionarse a sí misma y a cada una de las lecciones que había aprendido de otra traición: la de su padre.

El sol había empezado a ponerse y los jardines estaban casi en penumbra. Leonardo se había marchado en su Lexus a primera hora de la tarde y aún no había regresado. Ellery no sabía si preparar una cena formal o conformarse con su habitual sopa de lata. Si volvía, sin duda esperaría comer, pero la idea de atenderlo a él solo le agarrotó el estómago.

Al final decidió prepararse un bocadillo de queso y se lo comió sentada a oscuras en la cocina. Aunque la mayor parte del año vivía sola, aquella noche se sentía especialmente consciente de lo vacía que estaba la casa. Vacía y silenciosa.

Soltó un bufido. Empezaba a ponerse sentimental de nuevo. Pensó en ir a la ciudad, salir de la mansión. Pero supo que no iba a hacerlo. Se sentía demasiado inquieta y además, tuvo que reconocer, esperaba el regreso de Leonardo.

Se puso en pie bruscamente y llevó los platos al fregadero. Una ráfaga de viento sacudió las ventanas y la caldera empezó de nuevo a lanzar sus gemidos.

Recordó las clarividentes preguntas que le había formulado Leonardo: «¿Por qué estás aquí, Ellery? ¿Por qué te quedas? Me pregunto si esta mansión te gusta siquiera».

Habían señalado la amarga realidad: en ocasiones odiaba aquella casa. Odiaba los recuerdos. Odiaba quedarse allí por la sensación de que era lo único que quedaba de lo que ella había sido. Odiaba cómo su vida se había reducido a unas habitaciones vacías y las infinitas reparaciones. Y sin embargo, la idea de rendirse, de vender su único hogar, le parecía como vender su alma.

Igual que besar a Leonardo.

—Déjalo ya —gruñó.

Al vivir sola, estaba acostumbrada a hablar consigo misma. Pero las palabras tuvieron escaso efecto. No podía dejar de pensar en el beso, en cómo le había conmovido antes de remover todos sus anhelos y temores. No podía dejar de recordar la sensación del abrazo de Leonardo, de sus labios, de sentirse acariciada y, apenas se atrevía a pensarlo, amada.

No se consideraba tan ingenua como para creer ni por un segundo que el amor hubiera tenido algo que ver con los deseos de Leonardo.

El amor era peligroso. Temible. Prohibido. Sobre todo con un hombre como él.

Lo único que deseaba, lo único que podía desear, era un instante, una noche de placer.

Entonces, ¿por qué había huido como un conejo asustado, o más bien como una tímida virgen tras su primer beso? ¿Por qué no podía disfrutar lo que Leonardo le ofrecía? ¿Por qué no aceptarlo sin sentir miedo o, peor aún, sin sentirse utilizada?

Harta de las preguntas que daban vueltas en su cabeza, Ellery salió de la cocina. Aún tenía muchas cosas que hacer: papeleo, pagar facturas y la limpieza de la casa que había desatendido durante todo el día. Los salones de la planta baja necesitaban un buen desempolvado y abrillantado, y llevaba mucho retraso con el emplastecido de las grietas de las paredes del vestíbulo. Sin embargo la lista de tareas no ofrecía ningún atractivo mientras deambulaba por las habitaciones preguntándose cómo, y cuándo, esa casa que tanto había adorado de pequeña se había convertido en una depauperada prisión.

Lo sabía de sobra. Todo había empezado cuando su padre había decidido vivir dos vidas.

Leonardo aparcó el coche frente a la entrada de Maddock Manor y soltó una exclamación. Bajo la cerúlea luz de la luna, el lugar tenía un aspecto aún más demacrado. Había pasado toda la tarde recorriendo la campiña. ¿Qué había estado buscando? ¿Otro escenario para la sesión de fotos de Amelie? ¿O simplemente olvidar?

Olvidar la mirada en los ojos de Ellery. Olvidar la sensación de tenerla en sus brazos, frágil, preciosa, inolvidable.

Imposible.

Ni siquiera un whisky en el pub local, en el que el camarero se había mostrado especialmente hermético cuando le había preguntado por lord Maddock y la maldita mansión, había conseguido adormecer el deseo que lo había embargado toda la tarde.

Salió del coche y dando un portazo se dirigió a la entrada de la mansión. A medio camino se detuvo, pues un destello de luz surgido de algún punto del jardín llamó su atención.

Lo primero que pensó fue que había algún intruso.

Pensó en lo aislada que estaba Ellery allí y, cuando volvió a ver el destello, se dirigió con decisión a los establos.

–Maldita sea –exclamó pues no le quedaba más remedio que admitir que sí le importaba.

Ellery retiró la loneta que cubría el Rolls y lo contempló. A pesar de los años, aún retenía su maravilloso esplendor. Se había olvidado de su existencia. Se había obligado a olvidar, hasta que Leonardo la había obligado a recordar.

Acarició lentamente la carrocería y, sin darse cuenta, dejó escapar un sonido demasiado parecido a un sollozo.

Maldijo a su padre por hacerle amarlo tanto. Lo maldijo por ocultarle tantas cosas. Lo maldijo por morirse y por convertirla en la mujer que era, solitaria y con miedo a amar.

Se enjugó las lágrimas y respiró entrecortadamente. Necesitaba recuperar la compostura. Desde la aparición de Leonardo en su vida, hacía apenas veinticuatro horas, tenía la sensación de perder el control. ¿Por qué le afectaba tanto? ¿Por qué se lo permitía?

Dejó escapar otro prolongado suspiro y tapó nuevamente el coche. Quizás debería venderlo. Cuarenta mil libras le irían muy bien, como había observado Leonardo.

Mientras salía del establo iluminando el camino con la pálida luz de la linterna, se preguntó si volvería. ¿Se había marchado de su vida con la misma facilidad con que había entrado porque no había resultado ser la fácil aventura que había previsto?

¿Y por qué se sentía tan desilusionada?

De repente tropezó contra alguien que la empujó con fuerza contra la puerta del establo, y todo pensamiento huyó de su mente mientras la linterna caía al suelo.

No fue consciente de gritar hasta que una mano le cubrió la boca. Pero incluso en medio del terror, el aroma cítrico que desprendía esa persona le resultó familiar.

–¿Leonardo? –preguntó con la voz camuflada por la mano que le cubría la boca.

Oyó lo que sin duda era una palabrota expresada en italiano y la mano se apartó de su boca. Leonardo recogió la linterna del suelo y le apuntó con ella al rostro.

–¿Qué haces...?

–¿Qué haces tú? –preguntó Leonardo con rabia–. Estás en el establo a la una de la madrugada. Pensaba que eras un ladrón, o algo peor...

–¿Y no se te ocurrió preguntar primero? –espetó Ellery mientras se frotaba el hombro que se había golpeado contra la puerta.

–De donde yo vengo las preguntas se hacen después –contestó él mientras le iluminaba el cuerpo con la linterna para comprobar si estaba herida–. ¿Estás bien?

–Un poco magullada –admitió ella–. ¿No se te ocurrió que pudiera estar haciendo una ronda por la propiedad?

–¿En medio de la noche? Pues no –Leonardo hizo una pausa–. Lo siento. Lo último que querría sería hacerte daño.

–No pasa nada –Ellery se sorprendió por el tono de pesadumbre en la voz de su huésped–. De todos modos estaba a punto de regresar a la casa.

Empezó a alejarse del establo, pero Leonardo la detuvo.

–Ellery, ¿qué hacías aquí fuera? ¿Estabas mirando el coche?

A Ellery no le gustó su voz. Una voz tierna y compasiva que no soportaba oír.

–Puede que esté considerando venderlo –le informó secamente mientras se alejaba de él.

Le resultaba imposible abrirse camino en la oscuridad sin tropezar o hacerse daño, de modo que se vio obligada a esperar a Leonardo quien, sin mediar palabra, le entregó la linterna. Regresaron a la casa a través del embarrado jardín sin hablarse.

De nuevo en la cocina, Ellery se quitó las botas y se dirigió automáticamente a la tetera de cobre. Necesitaba desesperadamente una taza de té, o quizás algo más fuerte.

–Deberías ponerte hielo en el hombro.

–No hace falta –ella se puso tensa.

–Te empujé con fuerza –insistió él–. Si no te pones hielo, te saldrá una magulladura.

–Soportaré una magulladura.

–¿Por qué estás tan irritable? –murmuró Leonardo mientras la contemplaba con esa mirada que ella empezaba a conocer bien, y que temía tanto como deseaba–. Sé que hay una bolsa de guisantes congelados en el arcón. La vi anoche mientras me servías los cubitos de hielo –sonrió y el corazón de Ellery se encogió, o comprimió, o algo.

Leonardo se dirigió al congelador, lo abrió y revolvió el contenido hasta dar con la bolsa.

–Aquí está. Póntelo en el hombro.

Ellery era consciente de que sería mucho más sencillo ceder. Si accedía, quizás Leonardo la dejaría en paz. Aunque una parte de ella, una parte creciente, no quería que él la dejara en paz. No podía negar la insistente necesidad que crecía en su interior, alejando todo pensamiento de remordimiento o traición.

–De acuerdo –se rindió al fin mientras tomaba la bolsa de guisantes congelados y la presionaba contra el hombro. La postura que estaba obligada a mantener era de lo más incómoda y Leonardo le quitó la bolsa de la mano.

–Déjame a mí.

–No...

–¿Tienes miedo de que vuelva a besarte? –susurró junto a su oreja, inclinado a escasos centímetros del rostro de Ellery.

De repente, la atmósfera de la habitación cambió y se volvió más cargada que nunca.

–Yo no diría miedo –contestó ella al fin mientras alejaba el rostro de la tentación de la piel de Leonardo. El corazón martilleaba contra el pecho y se le había secado la boca. Era muy consciente del aliento que le acariciaba la mejilla. No era miedo. Era deseo.

Las piernas le flaqueaban y su cuerpo y mente empezaron a abrirse a la posibilidad. No comprendía por qué Leonardo le afectaba tanto, por qué su cuerpo reaccionaba de una manera tan extrema. Pero tampoco le importaba. Lo único que sabía era que deseaba que la besara de nuevo, y más. Estaba harta de luchar. El cuerpo empezó a actuar por cuenta propia y se inclinó hacia él. Estaba muy cerca. Sus labios prácticamente le rozaban la piel. La tetera empezó a silbar y Ellery dio un respingo como si se hubiera escaldado. La bolsa de guisantes cayó al suelo y su contenido se esparció por la cocina.

–Madre mía –Leonardo contempló el desastre embelesado.

Ellery apagó el fuego, dándole la espalda. El corazón le latía con fuerza. Habían estado muy cerca. Muy, muy cerca.

–¿Qué hacías en el establo, Ellery?

–¿Te apetece un té? –ella se volvió sujetando la lata contra el pecho, a modo de escudo.

–No suelo tomar té a estas horas –él sonrió y se encogió de hombros–, pero ¿por qué no? Sobre todo si lleva un chorrito de brandy. Seguro que a ti también te vendría bien.

–Por ahí debe de haber una botella –balbuceó Ellery.

–¿Qué hacías en el establo? –Leonardo se acercó un poco más a ella.

–Ya te lo dije, estaba haciendo la ronda –contestó ella secamente mientras agarraba dos tazas con mano temblorosa–. ¿Por qué te importa tanto?

Hubo un prolongado silencio, lo bastante prolongado para que Ellery llenara las dos tazas con el té. Lo miró sorprendida al descubrir que sus ojos habían adquirido una tonalidad muy oscura y su rostro un gesto sombrío.

–No sé por qué me importa –contestó al fin–. Llevo preguntándomelo toda la noche.

Ellery sintió una extraña sensación y durante unos segundos apenas pudo respirar. Buscó el brandy en la alacena.

–Tiene que estar por aquí –estaba muy pendiente de la presencia de Leonardo a su espalda. Consciente del deseo que surgía de su interior–. ¿Dónde has pasado la tarde? –intentó imprimirle a su voz un tono desenfadado–. ¿Has estado haciendo turismo?

–Algo así. Estuve conduciendo.

–¿Por dónde? –la conversación era absurda, máxime porque no le importaban lo más mínimo las respuestas. Hablaba por no hacer algo desesperado, y mucho más apetecible–. Toma –al fin encontró el brandy y se lo pasó.

Leonardo sujetó la botella por el cuello, cubriendo

la mano de Ellery. Sus miradas se fundieron y ella se sintió atrapada y con la extraña sensación de que él sentía lo mismo. No se movió. No podía. Si la besaba, no se resistiría. No podía. No quería.

¿Por qué iba hacerlo? Llevaba seis meses encerrada en aquella mansión, conservándola como si se tratara del mausoleo familiar. Necesitaba un respiro, siquiera por una noche. Necesitaba dejar de pensar, de temer, de ocultarse.

Y empezar a vivir. Leonardo estaba allí mirándola con expresión tórrida de deseo y, de repente, supo exactamente lo que deseaba.

Soltó la botella sin pensar en nada salvo en ella misma y en esos ojos azules. Cuando la botella se estrelló contra el suelo, ninguno de los dos se inmutó.

Ellery no supo quién empezó el beso. Ni le importaba. Había encontrado el camino hasta los brazos de Leonardo que la besaba con labios ardientes mientras ella le rodeaba el cuello con los brazos y lo atraía hacia sí, cada vez más cerca.

—La botella...

—Ya lo recogeré después –balbuceó ella mientras giraba el rostro para que sus labios se encontraran. De repente sintió cómo Leonardo sonreía contra su boca.

—Preferiría que no me tuvieran que dar puntos –insistió él mientras la tomaba en brazos y subía con ella las escaleras de la mansión.

Ellery se sentía como una muñeca en sus brazos, pequeña y mimada.

—¿Dónde está tu dormitorio? –preguntó antes de sacudir la cabeza–. Aunque mejor no. Si se parece al mío de anoche, no quiero verlo.

—Pues es peor –admitió Ellery.

—¿Cuál es la habitación más cálida de la casa?

El corazón de Ellery se comprimió de nuevo. Aquello era justo lo que deseaba, pero tras calmarse ligeramente la tórrida pasión que había estallado en la cocina, sintió aflorar en ella nuevamente las dudas y el miedo.

–Supongo que el dormitorio principal –contestó al fin–, o el salón de invitados, donde hay un fuego encendido –continuó con voz temblorosa.

–Estás empezando a asustarte, ¿verdad? –Leonardo la dejó en el suelo y le sujetó la barbilla para obligarla a mirarlo–. ¿Ellery?

–Puede que un poco –ella rió nerviosa.

Más que ver, sintió la sonrisa de Leonardo. A su alrededor reinaban sombras de oscuridad y sólo se oía el sonido de sus respiraciones.

Le llevó unos segundos comprender que él no intentaba convencerla con palabras o besos. Le estaba dando tiempo. Dejando que ella decidiera.

Lentamente apoyó la frente contra el masculino torso y él le tomó la mano, entrelazando los dedos con los suyos. Permanecieron en silencio durante largo rato. Por la mente de Ellery atravesaron miles de pensamientos y fue consciente de que no sabía qué hacía, ni por qué. Estaba asustada y excitada y, curiosamente, un poco triste. Pero también sabía que, si pudiera prolongar ese momento eternamente, lo haría.

No era el hombre que había creído que sería. La idea se deslizó en su mente tímidamente, como un secreto. Había dado por hecho que Leonardo de Luca era un bastardo mujeriego, tal y como le había parecido al principio. Se había precipitado en sus conclusiones porque tenía miedo. Miedo de que cualquier hombre que la tocara, que le conmoviera, resultara ser como su padre, abandonándola como él había hecho con su madre. Dejándola sola.

Sin embargo, Leonardo le había demostrado suficientes detalles de ternura para hacerle cambiar de parecer. Y en esos momentos sólo quería olvidar y sentir.

Levantó la cabeza con los ojos cerrados y encontró los labios de Leonardo sobre los suyos. El beso fue breve, pero sirvió para contestar a la pregunta que él le había hecho con su silencio.

Sí.

Él la rodeó con sus brazos y la atrajo hacia sí y Ellery se dejó llevar sin rastro de temor.

—Ven conmigo.

Capítulo 5

ELLERY lo siguió escaleras abajo. Él la guiaba por su propia casa con la confianza de un hombre que sabía muy bien adónde iba. Y ella lo seguía sin hacer preguntas. Una vez tomada la decisión, se sentía sorprendentemente en paz, contenta con vivir el momento.

La condujo hasta el salón de invitados en penumbra con su enorme chimenea de mármol.

–¿Funciona la chimenea? –preguntó agachado frente al hogar.

–Sí, aunque suelo usar el eléctrico...

–¿Esto? –Leonardo desenchufó con evidente desdén los tres leños eléctricos.

Ellery sonrió. Le había parecido lo más sensato. La leña la reservaba para sus huéspedes. Sin embargo observó con agrado cómo Leonardo encendía con mano experta un fuego.

En pocos minutos una cálida llama empezó a crepitar lanzando su sombra anaranjada por el rostro de Leonardo, haciéndole parecer un poco diabólico. Un poco peligroso.

–¿Volvemos a tener miedo? –bromeó él con dulzura provocando la risa nerviosa de Ellery.

«Me conoce muy bien», pensó ella. Aquello era absurdo, ridículo. Leonardo de Luca no la conocía en absoluto. Se habían visto por primera vez hacía un día.

–Ven aquí –ordenó.

Y Ellery obedeció.

Se paró frente a él, un poco indecisa, un poco ja-
deante. Leonardo tiró de ella hasta que se arrodilló a sus
pies. La leña lanzaba chispas por la alfombra y él las
barrió con la mano.

–No podemos permitir que se arruine otra de tus alfombras –murmuró.

–Al menos ésta no es una Aubusson –Ellery intentó
sonreír. Estaba muy nerviosa.

–¿Conoces todas las antigüedades que hay en la
casa? –Leonardo deslizó una mano por la nuca de
Ellery y le acarició los tensos músculos.

–Sí... mi madre catalogó todos los objetos –ella respiraba entrecortadamente y apenas era capaz de concen-
trarse–. Dejó un listado. Lo repasé todo cuando volví.

–¿Y cuándo fue eso?

–Hace seis meses. Mi madre iba a vender la propiedad, pero yo no...

–No podías imaginarte la vida sin Maddock Manor
–Leonardo concluyó la frase por ella.

–Algo así.

–¿Dónde está tu madre?

–En Cornualles –Ellery forzó una sonrisa–. Vive en
una preciosa casita y es muy feliz –mucho más de lo
que había sido con su padre, pensó. Se alegraba de que
su madre hubiera encontrado la felicidad. Sólo faltaba
que ella encontrara la suya.

A Ellery ya no le quedaban ganas de hablar, al menos no de la casa o su vida. Leonardo pareció comprend-
derlo, pues le arrancó la pinza que le sujetaba los cabellos.

–He deseado ver esos cabellos sueltos desde la primera vez que te vi.

–¿Todas y cada una de las veinticuatro horas? –ella bromeó.

–Han sido unas veinticuatro horas muy largas –contestó él.

Ellery casi siempre llevaba los cabellos recogidos en un moño. Era mucho más práctico y, además, no había nadie a quien impresionar. Por eso se sorprendió ella misma ante la sensualidad que desplegó al caer los rubios cabellos sobre los hombros. Y se estremeció cuando Leonardo la peinó con los dedos mientras le acariciaba la mejilla con el pulgar.

–Preciosa, tal y como me había imaginado. Puede que mejor. Pareces la dama de Shalott.

–¿Conoces la balada? –preguntó Ellery sorprendida. Era uno de sus poemas preferidos.

–¿Sabías que está basado en un cuento italiano? *Donna di Scalotta*. Aunque yo prefiero la versión de Tennyson –Leonardo empezó a recitar de memoria–. «Allí teje noche y día, una mágica tela...» –rozó con sus labios la mandíbula de Ellery–. Tú, desde luego, has tejido algún hechizo a mi alrededor.

Ellery se dejó seducir por las palabras de Leonardo a pesar de que su lado más racional insistía en que ella no era como la desdichada dama, aislada y prisionera en su castillo, penando por Lanzarote. Ella gobernaba su destino y tenía ante sí un futuro más halagüeño.

De repente Leonardo volvió a besarla y todo razonamiento huyó de su mente. Los masculinos labios se movían lentamente, explorando cada curva mientras la atraía hacía sí y ella se rendía completamente a las caricias.

–He soñado contigo vestida así –las manos de Leonardo se deslizaron por el camisón que ella llevaba puesto–. Metros de franela blanca que me muero de ganas por arrancarte.

–Me mantiene calentita –Ellery rió nerviosa.

–Menos mal que he encendido la chimenea –contestó él mientras deslizaba lentamente el camisón por los delicados hombros. La prenda se resbaló por su cuerpo hasta el suelo.

Lo único que le quedaba era un par de gruesos calcetines de lana. Se sentía incómodamente consciente de su propia desnudez, incluso en la penumbra de aquella habitación y se inclinó hacia delante de modo que Leonardo apenas podía verla.

–Me parece que no estamos en igualdad de condiciones.

–Cierto –Leonardo la miró con ojos brillantes–. ¿Cómo podríamos remediarlo?

–Creo que puedo ayudarte –Ellery sonrió y le quitó la camiseta. Al contemplar el bronceado torso, le faltó la respiración. Era un hombre magnífico. Y esa noche era suyo.

Casi temerosa, alargó una mano para tocar los fuertes músculos, deslizándola hasta la cintura de los vaqueros donde se detuvo.

Levantó la vista y sus miradas se fundieron. Él sonreía casi con ternura mientras ella jugueteaba con el botón de los pantalones.

–¿Te ayudo?

–Soy un poco... nueva en esto –no iba a dar más pistas sobre hasta qué punto era nueva.

Leonardo le tomó la mano dándole el valor necesario para que le desabrochara el botón.

Segundos más tarde ya no le quedaba ropa, ni a Ellery los calcetines, y ambos estaban desnudos tendidos frente al fuego.

Leonardo deslizó una mano por la pierna de Ellery en sentido ascendente. Del muslo pasó a la cadera hasta que llegó al pecho que cubrió con la mano ahuecada.

–Qué hermosa eres –murmuró con tal sinceridad que a Ellery se le saltaron las lágrimas.

No le creía. No podía. Sabía que no era nada especial. Rubia, con un extraño color de ojos y un cuerpo del montón. No soportaba las mentiras y no quería oír la charla superficial de Leonardo cuyo único objetivo era seducirla.

Así pues le tapó la boca con una mano y lo abrazó atrayéndolo hacia sí para besarlo casi con desesperación.

Leonardo reaccionó aumentando la intensidad del beso mientras la acariciaba y ella cerró los ojos rindiéndose al placer que corría por sus venas como una droga.

Dejarse llevar por el momento era lo más fácil. Dejar que su cuerpo dominara sobre los temores de su mente. Mientras Leonardo acariciaba y besaba cada centímetro de su cuerpo, ella se retorcía y gemía, y gritaba su nombre mientras hundía las uñas en la raída alfombra con la mente, al fin, en blanco.

–¿Estás protegida? –Leonardo hizo una pausa.

–No... –balbuceó ella. Leonardo se refería sin duda a su cuerpo, aunque lo más desprotegido que tenía en esos momentos era el corazón.

Leonardo se apartó para revolver entre sus ropas.

–Has venido preparado –Ellery sintió algo a medio camino entre el dolor y la desilusión.

–Digamos que tenía esperanzas –murmuró él mientras se colocaba un preservativo.

Al atravesar Leonardo su inocencia, sintió dolor y se quedó momentáneamente sin aliento. Después se abrió completamente a él con los ojos cerrados y, tras una fugaz pausa, él se hundió profundamente en su interior, gruñendo de deseo y satisfacción. Las ráfagas de placer borraron el dolor tanto de su cuerpo como de su corazón antes de convertirse en rugientes olas que se estrellaban en una marea de completa satisfacción.

Quedaron tendidos sobre el suelo y Leonardo dibujó círculos con la punta de los dedos sobre el cuerpo de Ellery que apoyaba la cabeza sobre su hombro.

–Deberías haberme dicho que eras virgen –mencionó en tono casual, aunque ella creyó percibir cierta desilusión. ¿Acaso no había resultado ser lo bastante buena como amante?

–No pensé que fuera importante –contestó ella.

Por extraño que pareciera, su virginidad no había cruzado por su mente al plantearse entregarse a Leonardo. Había estado más preocupada por su corazón y su alma.

–La primera vez siempre es importante –él detuvo las caricias–. De haberlo sabido...

–¿Habrías tenido más cuidado? –Ellery se apoyó sobre un codo y miró a Leonardo–. ¿O ni siquiera lo habrías intentado?

–Tan sólo me hubiera gustado saberlo –él suspiró y delicadamente abrazó a Ellery.

–No pensé que tuviera importancia, de verdad –insistió ella–. Te deseaba y punto.

–¿En serio? –bromeó Leonardo–. Y yo que pensaba que era yo quien te deseaba a ti.

–Bueno –Ellery apenas pudo reprimir un bostezo–. Digamos que fue algo mutuo.

–Desde luego, *dormigliona*.

Ella rió y se acurrucó sobre la calidez del hombro de Leonardo.

Sólo permanecieron así unos segundos. Con un ágil movimiento, él se puso en pie y la tomó en brazos. Somnolienta y saciada, Ellery se dejó llevar.

Leonardo, desnudo y magnífico, recorrió la oscura

y vacía mansión y subió las escaleras hasta el dormitorio principal. Retiró la colcha y tumbó a Ellery sobre las sábanas limpias. Ella sonrió, esperando, deseando, que se deslizara junto a ella y la tomara en sus brazos.

Pero no lo hizo.

Leonardo titubeó, o al menos pareció hacerlo, antes de besarla en la frente.

–Dulces sueños mi dama de Shalott –susurró y desapareció.

Ellery oyó la puerta que se cerraba y las pisadas en el pasillo.

Sola en la oscuridad, fue consciente de la frialdad de las sábanas y, mucho peor, de la frialdad que sentía en el interior y que avanzaba directa al corazón. ¿Por qué se había marchado Leonardo tan precipitadamente?

Conocía bien la respuesta. Aquella noche no había sido más que eso: una noche. Y había terminado.

Era lo máximo a lo que debería haber aspirado.

Instantes antes había estado dispuesta a rendirse al sueño, pero de repente se sentía fría e infeliz, y completamente despierta. Salió de la cama y se puso uno de los camisones que había dejado en el armario de la habitación para uso de sus huéspedes.

Envuelta en la gruesa y áspera prenda, bajó las escaleras en silencio para no alertar a Leonardo. Se preguntó si no se habría marchado de la casa y si ese último beso no habría sido una despedida.

Intentó no pensar en ello y se dirigió a la cocina.

Necesitaba una taza de té.

El desorden que encontró tenía una historia que contar. Los guisantes esparcidos por el suelo y los cristales rotos eran un silencioso reproche de su estupidez.

No debería sorprenderle, se dijo mientras iba en busca de la escoba y una papelera. Era justo lo que había esperado, incluso deseado, al permitirse besar a Leonardo. Una noche de placer, una oportunidad para olvidar... durante un rato.

Pero en esos momentos se enfrentaba a los recuerdos, y al remordimiento.

Se afanó en la tarea de limpiar la cocina en un intento de bloquear esos recuerdos, pero de repente captó su propio reflejo en la ventana. Tenía el rostro muy pálido y los cabellos le caían sobre los hombros. Igual que la dama de Shalott. Incapaz de contenerse, dejó que las lágrimas rodaran por sus mejillas.

Solo en su habitación, Leonardo suspiró mientras miraba por la ventana. A pesar de los recuerdos que hacían vibrar su cuerpo y desear más, su mente elaboraba minuciosamente una lista con todos los motivos por los que debería alejarse sin dilación de Ellery Dunant.

Aquella noche había sido un error. Uno muy grande. Solía elegir sus amantes con mucho cuidado, asegurándose de que supieran exactamente qué esperar de él: nada. Nada más allá de una noche de placer, quizás una semana. Sin embargo, cuando Ellery se había acurrucado en sus brazos, al sentir que encajaba allí a la perfección, había comprendido que ella podría esperar mucho más de él. Lo había sentido en el suave y complaciente cuerpo, en el suspiro de satisfacción.

En el hecho de que había sido virgen. Eso sí que no se lo había esperado. Pasaba ya de los veinte años. Y, sin embargo, había decidido entregarse, entregar su inocencia, ¿a él?

Incapaz de soportar la vergüenza que sentía, se apartó de la ventana. Él no se acostaba con vírgenes. No las tomaba sobre los desgastados suelos de sus hogares.

No les rompía el corazón.

Solo en su habitación, se le ocurrió que quizás acababa de hacer precisamente eso. O lo haría con el tiempo. No tenía intención de quedarse el tiempo suficiente para que Ellery Dunant se enamorara de él. Aquella historia no tendría final feliz. Los finales felices no existían. Lo sabía por la cruda realidad de su propia vida, de sus propias frustraciones.

Sin embargo, no podía evitar recordar los ojos color violeta, el suave y sedoso cuerpo que había acunado en sus brazos. Y no pudo evitar desear más.

Ellery Dunant era un lujo que no se podía permitir y decidió firmemente dejar de pensar en ella. Sin embargo, la vigilia se resistía a abandonarlo.

Capítulo 6

ELLERY despertó a la mañana siguiente aturdida. El sol brillaba con fuerza y la tierra estaba cubierta de escarcha. Debía de haber dormido, aunque no tenía esa sensación.

Buscó a tientas la ropa intentando sacudirse de encima la niebla que la rodeaba desde que Leonardo la había dejado sola la noche anterior. No tenía derecho a sentirse de ese modo. No había esperado otra cosa. No debería sentirse herida.

Tras vestirse y recogerse los cabellos en un tirante moño, se dirigió a la cocina. No sabía si Leonardo iba a desayunar, pero intentaría mantener una actitud de normalidad.

Todos los vestigios de lo sucedido la noche anterior habían sido borrados por ella misma horas antes y la cocina la asfixió con su normalidad, pues daba la impresión de que nada hubiera sucedido. Como si ella no hubiera cambiado. Y sin embargo lo había hecho. Lo sentía en el ligero malestar entre los muslos, y el dolor mucho más fuerte en el corazón.

Se dispuso a cascar los huevos y cortar el pan con determinación, decidida a no pensar en él. Llenaría su mente con los triviales detalles de los quehaceres cotidianos, con la lista que la había mantenido ocupada todos los días hasta la llegada de ese hombre.

Puso los huevos al fuego y se dirigió en busca de la

leche que el proveedor local dejaba en su puerta cada mañana. Al abrirla, la luz del sol le golpeó en el rostro, un brillante y cruel recordatorio de que nada había cambiado realmente.

–Buenos días.

Ellery se giró a punto de dejar caer la leche al suelo. Leonardo estaba en la cocina, vestido con un traje azul marino y el abrigo colgado del brazo. Iba a despedirse de ella.

Leonardo contempló a Ellery, aferrada a la botella de leche e iluminada por la luz del sol. Por su aspecto, era evidente que tampoco ella había dormido mucho.

A pesar de su firme resolución de marcharse aquella mañana, de dejar atrás a esa mujer y todas sus innecesarias e indeseadas complicaciones, se descubrió allí de pie, sin decir palabra y con una enorme sensación de opresión en el pecho. Ellery estaba preciosa, aunque en apariencia frágil, a pesar de la gran fuerza interior que le constaba poseía y que en aquellos momentos irradiaba a través de la mirada.

Le había hecho daño. Eso pasaba cuando uno se abría a alguien más allá de un fugaz momento de placer físico. Le había arrebatado algo, algo precioso, y le volvería a hacer daño al marcharse. A pesar de no querer hacerle daño... a pesar de no querer marcharse.

–Buenos días –contestó Ellery consiguiendo imprimir su voz de un tono casi jovial. Intentó pensar en algo que decir, alguna banalidad como: «¿Has dormido bien?», pero no lo consiguió–. Hace un día precioso –se decidió al fin–. ¿Tomarás el desayuno completo?

Leonardo titubeó y Ellery se preparó para lo peor. Por supuesto que no quería un desayuno completo. Al menos no como el de la mañana anterior cuando ella aún le había parecido un reto interesante y desconocido. Estaba claro que lo único que le apetecía era marcharse de allí.

–Si ya lo estás preparando... –contestó en un tono que a Ellery le pareció compasión.

–Si sólo te apetece café, no pasa nada –sonrió ella–. Los huevos se han pasado.

–¿Qué te parece si llegamos a un acuerdo? –él contempló la sartén al fuego y sonrió tímidamente–. Café y tostadas... –hizo una pausa– si tú me acompañas.

Ella lo miró estupefacta. La tímida sonrisa no dejaba traslucir sus pensamientos.

–De acuerdo –Ellery sirvió dos tazas de café y tostadas, y se sentaron frente a frente en un incómodo e insoportable silencio–. ¿Te marchas? –preguntó tras quemarse la lengua con el café–. Ni siquiera sé dónde vives. ¿Vuelves a Italia o...?

Dejó la frase inconclusa porque, de repente, se le ocurrió que quizás no quería que ella supiera dónde vivía. No quería dar la impresión de ser una potencial acosadora.

–Reparto mi tiempo entre Milán y Londres –contestó él. No había tocado el desayuno y se limitaba a mirarla con expresión solemne y quizás un ligero rastro de tristeza.

–Suena estupendo –ella mordisqueó una tostada–. La típica vida de la jet-set –añadió.

–Más o menos –Leonardo alzó la taza y la volvió a dejar sobre la mesa–. Vente conmigo.

–¿Disculpa? –Ellery lo miró estupefacta. Debía de haberlo entendido mal.

–Podrías venir conmigo –insistió él como si le sorprendieran sus propias palabras.

–¿Ir contigo? ¿Adónde? –ella sacudió la cabeza mientras le invadía una mezcla de confusión y esperanza.

–A Londres y a Milán –le explicó Leonardo en tono casual–. Tengo trabajo, pero sería... agradable. Y a ti te vendría bien. ¿Tienes algún huésped previsto para la próxima semana?

–No, aún no –respondió ella tras una pausa. Las palabras «la próxima semana», se repetían en su mente. ¿Era la duración máxima de su relación? –doy clases en el pueblo –añadió–, pero esta semana no.

–Entonces, ¿por qué no te vienes? –Leonardo sonrió y probó el café–. Te vendría bien un descanso, y podríamos concretar los detalles de las fotos de promoción...

–¿Las fotos? –repitió Ellery incrédula–. ¿Aún quieres lanzar aquí tu colección de moda?

–Por supuesto. Mi jefa de relaciones públicas está decidida por este lugar.

–De modo que quieres llevarme a Londres y a Milán para hablar de negocios –la idea de un pase de modelos en Maddock Manor no tenía ningún sentido–. No creo que haga falta una semana –añadió con un cierto tono de irritación–. Te bastaría con invitarme a cenar.

–En efecto –asintió Leonardo–, pero no se trata de hacer sólo lo imprescindible –miró a Ellery a los ojos con una sinceridad y una vulnerabilidad que le oprimió el corazón.

«No. No me toques con tu mirada. No me hagas tener esperanzas, no me hagas caer...».

–Quiero que vengas conmigo porque quiero estar contigo –le aclaró él–. Lo que nos sucedió anoche fue... muy bueno –alzó una ceja–. ¿O no?

–Sí, lo fue –Ellery susurró. Aquello era simplificar mucho lo que habían compartido la noche anterior, por no hablar de la tristeza y el dolor que le había seguido.

–Ven conmigo, Ellery –Leonardo se levantó de la mesa y le tomó una mano, obligándola a ponerse en pie.

Ellery no se resistió y se deleitó en su cercanía, en el aroma de la loción de afeitar, en el calor y en la fuerza que emanaba de él.

–¿Una semana?

–Sí –contestó él con voz neutra–. No tengo más que ofrecerte.

Aquéllos eran los términos del acuerdo. Una semana, lo tomaba o lo dejaba. Una semana y la abandonaría para siempre y ella volvería a la vida que se había construido. Acceder sería abrirse a toda clase de dolor y tristeza. Una semana siendo un objeto, porque eso sería. Una semana no era una relación.

Abrió la boca, pero las palabras no surgieron. El «no» definitivo no fue pronunciado. Pues, a pesar de todos los motivos que tenía para negarse, quería ir. Quería escapar de esa casa y de esa vida, y quería estar con Leonardo.

–¿Ellery? –la instó él con ternura, dejando en sus manos la decisión, tal y como había hecho la noche anterior. E igual que la noche anterior, aguardaba su respuesta.

¿Y si esas condiciones no fueran las de Leonardo sino las suyas propias?, se preguntó de repente. No le interesaba el amor. Ni siquiera estaba interesada en una relación. Se había mantenido alejada de todo eso a propósito, para protegerse.

¿Y si decidía que quería una aventura de una semana? ¿Y si ella tuviera el control?

La idea resultaba atractiva. Su madre había vivido a expensas de su padre, esperando su regreso, sus migajas. Pero ella no tenía por qué ser igual. Podría disfrutar de esa semana y, cuando hubiera acabado, sería ella la que se marcharía, con el corazón intacto.

–Sí –contestó al fin mientras apretaba la mano de Leonardo–. Iré contigo.

Leonardo esperó en la cocina mientras Ellery recogía sus cosas. Se sentía inquieto, irritable y algo esperanzado. No sabía por qué le había pedido que lo acompañara a Londres. No había sido ésa su intención. Había bajado a la cocina para despedirse.

Y de repente se había descubierto a sí mismo diciendo algo completamente distinto, y deseándolo. Deseándola.

La idea le asustaba.

Aunque no tenía por qué. Le había dejado claro lo que significaría esa semana, y sobre todo lo que no significaría. Y aunque hubiera roto todas sus reglas, acostándose con una virgen y mezclando los negocios con el placer, esa última no la rompería.

Después de una semana todo terminaría. Después de una semana, él se marcharía.

Ellery no necesitó más que una maleta, pues no le quedaban muchos vestidos elegantes de su vida en Londres. Después, cerró con llave la mansión, dejándola más vacía que nunca.

Leonardo esperaba junto al coche, visiblemente impaciente. Listo para partir. Y en una semana lo estaría de nuevo. Y ella también.

–¿Hace falta que avises a alguien? –preguntó–. ¿Hay algo urgente?

–Había pensado hacer algo de mantenimiento –ella asintió–, pero podrá esperar.

–Bien –Leonardo arrancó el coche.

–Qué sensación más curiosa –Ellery soltó una risita nerviosa–, marcharme aunque sea sólo unos días –precisó para dejar claro que había entendido el acuerdo.

–Te vendrá bien.

–Espero que no lo consideres una especie de acto benéfico –era la segunda vez que Leonardo hacía esa observación–. Voy contigo porque me apetece –lo miró a los ojos–. Yo tampoco deseo más que una semana, Leonardo.

–Me alegro –Leonardo pareció sorprendido, pero enseguida su rostro adquirió una expresión que sólo podía calificarse de satisfacción.

«Sólo deseo una semana», se repitió Ellery hasta que estuvo convencida de ello.

Durante el trayecto, Leonardo limitó la conversación a temas banales: libros, películas e incluso el tiempo.

–De modo que eres profesora –comentó de pasada–. Te imagino lanzando una de tus severas miradas a una clase llena de chavales indisciplinados.

–En realidad –Ellery rió–, la escuela es sólo para niñas. En Londres era profesora a tiempo completo, pero renuncié para venir aquí. Por suerte, encontré un trabajo a tiempo parcial. Cubro una baja por maternidad.

–¿Y qué pasará cuando la profesora regrese? ¿Qué harás?

–No lo sé –Ellery se encogió de hombros–. No hago planes a largo plazo. Sé que no podré conservar Maddock Manor para siempre –forzó una tímida sonrisa.

–Entonces supongo que habría que preguntarse por qué sigues conservando la casa.

–Buena pregunta, pero aún no conozco la respuesta –ella contempló el paisaje–. ¿Nunca te has agarrado a algo aún a sabiendas de que deberías soltarlo? –como Leonardo no contestaba, ella continuó–: Así me siento

yo con la mansión. No soy capaz de renunciar a ella
aún. Mis amigos, por supuesto, creen que estoy loca.

–Bueno –observó Leonardo con delicadeza–, yo
creo que eres muy valiente. No todo el mundo sería capaz de hacer lo que estás haciendo tú. La mayoría se
rendiría.

–Quizás sería lo mejor.

–¿Lo crees en serio? –él la miró–. ¿No prefieres vivir la vida en vez de verla pasar?

Ellery tragó con dificultad, sorprendida por el entusiasmo de Leonardo. Sí, quería vivir la vida. Quería actuar. ¿No estaba allí por eso? Estaba tomando el control
de su vida.

Una hora más tarde, pararon frente a The Berkeley,
un impresionante hotel en Belgravia.

Mientras el portero ayudaba a Ellery a bajar del Lexus, Leonardo le entregaba las llaves al aparcacoches y
entraba en el lujoso vestíbulo del hotel con su boquiabierta acompañante.

Se sentía desbordada por tanto lujo, a pesar de que
tendría que habérselo esperado. Leonardo de Luca era
un hombre poderoso y adinerado, y prueba de ello eran
las muestras de respeto que recibía a su paso del personal del hotel. Sin duda era un cliente habitual y casi se
sentía ridícula allí junto a él, tanto que tuvo que reprimir
una carcajada.

–¿Vienes aquí a menudo? –preguntó mientras espe-
raban el ascensor.

–Tengo una suite reservada para mi uso personal
–Leonardo se encogió de hombros.

–¿Reservada? –repitió ella atónita–. ¿Quieres decir,
siempre?

La idea de pagar miles de libras para tener a su dis-
posición una suite no sólo le parecía increíble, sino un

derroche, sobre todo dada su propia y desesperada situación financiera.

–No siempre –él volvió a encogerse de hombros–. No si no voy a venir en una temporada –sonrió–. No soy un despilfarrador, Ellery. No he llegado adonde estoy tirando el dinero.

–¿Llegado? –ella se mostró intrigada–. Entonces, ¿de dónde vienes?

–Ya te lo dije –el ascensor se paró y Leonardo le hizo un gesto para que saliera–, Spoleto.

Sin embargo, Ellery tuvo la certeza de que él sabía que le estaba preguntando otra cosa.

El esplendor de la suite que se abrió ante ella borró de su mente todas las preguntas. Había habitaciones por todas partes y se quedó boquiabierta ante la profusión de mármol y caoba, las lujosas alfombras y las elegantes columnas griegas que flanqueaban la salida a una terraza privada.

–Es precioso –exclamó al echar un vistazo al dormitorio principal. Acostumbrada al destartalado aspecto de la mansión, tanto lujo y opulencia le había dejado sin habla.

Leonardo se situó tras ella y apoyó las manos sobre los delicados hombros mientras ambos contemplaban la gigantesca cama.

–Quiero que lo disfrutes –murmuró él–. Déjame mimarte, Ellery. Quiero hacerlo.

Ellery se estremeció ante el contacto de las manos de Leonardo y por el tono de su voz.

Contempló una vez más la belleza de la habitación, las chocolatinas artesanas y la botella de champán que se enfriaba en un cubo de plata, y se dijo que una semana de mimos no le haría ningún mal... al menos no mucho. Se merecía una semana de vacaciones, lejos de la realidad. Una semana de todo aquello... lo deseaba. Sólo durante una semana.

Poco importaba si estaba bien o mal, quería esa semana con Leonardo. Quería ser mimada y seducida. Quería zambullirse en ese torbellino y que la llevara adonde quisiera.

Al finalizar la semana volvería a su vida, a la realidad, feliz y satisfecha. Lo haría.

—Muy bien —se dio la vuelta y miró a Leonardo mientras le rodeaba el cuello con los brazos y lo atraía hacia sí—, si insistes... —añadió en un susurro.

Disfrutaron de un almuerzo a base de langosta y caviar, servido en la suite, acompañado de champán. A media tarde, Ellery se sentía maravillosamente relajada y algo somnolienta.

—Tengo que atender unos asuntos —le informó Leonardo mientras la camarera retiraba los platos—. ¿Por qué no te das un baño y descansas un poco? Tenemos una reserva para cenar en el restaurante esta noche.

—De acuerdo —asintió ella. Repasó mentalmente la ropa que había metido en la maleta y si el traje que había llevado al baile de primavera de la universidad sería lo bastante elegante. El descanso le vendría bien. Estaba agotada.

Entró al dormitorio principal, con su enorme cama cubierta de almohadones y acceso a la terraza privada. Después, se quitó los zapatos y retiró la colcha de la cama antes de deslizarse entre las sábanas. Oyó a Leonardo hablar en voz baja y supo que estaba al teléfono. ¿A quién había telefoneado? ¿Qué negocios necesitaba atender? Tumbada sobre la cama, tuvo que reconocer lo poco que conocía a su amante.

Su amante durante una semana.

Recordó los términos del acuerdo. No buscaba amor,

sobre todo de un hombre como Leonardo de Luca. Lo único que sentía, que podía sentir por él era un fugaz placer físico y lo sabía. Sabía bien lo que te pasaba cuando amabas a alguien, a un hombre. Había visto a su madre marchitarse por la falta de amor de su padre y no quería esa clase de vida para ella. No quería que un hombre tuviera esa clase de poder sobre ella. Por eso había conservado su virginidad, hasta la noche anterior, y por eso había evitado cualquier relación seria, de cualquiera que pudiera llegarle al corazón. Y por eso se quedaría sola para siempre.

Y también era por eso que le parecía perfecta la semana que le había ofrecido Leonardo.

Capítulo 7

CUANDO Ellery despertó supo que Leonardo estaba allí. Lo presentía, lo olía y, cuando posó una mano sobre su pierna, sintió el calor de su cuerpo a través de la gruesa colcha.

–Hola, *dormigliona*.

–¿Qué significa eso? –ella se acurrucó bajo las mantas.

–¿*Dormigliona*? Supongo que «dormilona». Has dormido durante más de tres horas.

–¿Tanto? –Ellery se sentó–. Casi nunca duermo siesta. Tengo demasiadas cosas que hacer.

–Razón de más para que aquí sí duermas siesta –contestó él–. Sólo tienes que divertirte.

–Suena fácil –ella sonrió y se estiró.

–Lo es –en la penumbra de la habitación no se veía la expresión en el rostro de Leonardo, pero sí se adivinaba la atmósfera cada vez más cargada entre ellos.

Ellery se inclinó hacia delante, expectante, y él retiró la mano de su pierna.

–Te he preparado un baño –Leonardo se puso en pie–. Pensé que te gustaría antes de cenar.

Ella se recostó contra los almohadones con cierta desilusión. Había esperado que Leonardo la besara, y más. Había soñado con estar de nuevo en sus brazos para que le hiciera olvidar, y al mismo tiempo recordar, en una mezcla de deseo y satisfacción.

–Vamos –le animó él–, el agua se va a enfriar –añadió antes de abandonar la habitación.

Segundos después, Ellery entraba en el cuarto de baño donde encontró un enorme jacuzzi de mármol gris lleno de fragantes burbujas. Las duchas templadas y las botellas de agua caliente de Maddock Manor no podían compararse con aquello.

–Este hotel debe de tener una caldera impresionante –exclamó mientras se desnudaba y se hundía en la bañera. Apoyó la cabeza contra el borde de mármol y cerró los ojos. No sabía cuánto tiempo llevaba allí, medio dormida, cuando oyó abrirse la puerta.

–Hola –Leonardo apareció con las mangas de la camisa remangadas hasta el codo.

Ella se sumergió por completo en el agua. Era ridículo sentir timidez, pero no estaba acostumbrada a aquello. Ni siquiera sabía cómo debían comportarse los amantes.

–Pensé que podría ayudarte con el pelo –dijo él sentándose en el borde de la bañera.

–Yo no... –ella empezó a protestar, pero sus palabras quedaron silenciadas por Leonardo.

–Te aseguro que será un placer –se inclinó para retirarle un poco de espuma del rostro–. Ellery, ¿te avergüenzas? ¿Después de lo que hemos hecho, y sido, el uno para el otro?

Ellery sacudió instintivamente la cabeza. Había sido una pregunta delicada y se preguntó si él lo habría hecho a propósito. ¿Exactamente qué habían sido el uno para el otro?

–De acuerdo –asintió ella al fin mientras se inclinaba hacia delante para facilitarle la tarea de soltar los cabellos sujetos con una pinza de plástico–. Gracias.

Fue consciente de lo vulnerable que se sentía mientras Leonardo le apoyaba la cabeza sobre un brazo y le echaba agua por encima hasta mojar completamente los cabellos. Después empezó a masajearle el cuero cabelludo con champú, arrancándole gemidos y suspiros de placer. Las manos se deslizaron hasta los hombros mientras los pulgares le acariciaban los pechos.

–Hora del aclarado –murmuró él mientras echaba hacia atrás la cabeza de Ellery para que no le entrara jabón en los ojos en una experiencia íntima cargada de deseo–. Ellery...

Pronunció su nombre a modo de súplica y ella lo miró sorprendida y encantada de que él también lo sintiera. En sus ojos vio una llama color zafiro.

–Bésame –a Ellery no se le ocurrió otra cosa que decir.

Leonardo obedeció e, inclinándose, tomó sus labios mientras ella le agarraba de la camisa.

El beso duró una eternidad y aun así no bastó. Cuando Ellery sintió que Leonardo despegaba los labios de los suyos, emitió un gruñido.

–No quiero ahogarte –él rió.

Con suma facilidad la tomó en sus brazos y la llevó hasta el dormitorio. Desnuda y empapada, Ellery jamás se había sentido tan segura ni querida.

Sin embargo, cuando la tumbó sobre la cama y la contempló, no con pasión sino con emoción, ella sintió removerse algo en su interior. Sintió que su alma se abría de un modo en que jamás se había abierto antes. No se atrevió a cuestionárselo. La necesidad física era demasiado grande, y tendría que bastar.

Rodeó el cuello de Leonardo y lo atrajo hacia sí. Necesitaba sentirlo piel contra piel.

–Demasiada ropa –rió mientras él se desnudaba sin objeciones. Sin reflexiones.

–Si no nos movemos, perderemos la reserva para cenar –murmuró Leonardo más tarde.

Magnífico en su desnudez, saltó de la cama y se dirigió al armario en busca de una camisa limpia. La ropa de Ellery estaba colgada allí también, sin duda por obra de la camarera.

A Ellery le conmovió la intimidad de la escena. Acababan de salir de la cama y se estaban vistiendo. Parecía lo normal en una pareja, y el recuerdo de que no eran más que un par de extraños la desconcertó, como si lo suyo fuera algo sórdido y no dulce y tierno.

—Voy a arreglarme el pelo.

Al volver al dormitorio, Leonardo había desaparecido, aunque aún se percibía el suave aroma cítrico de su colonia. Se vistió rápidamente, haciendo un gesto de desagrado ante el espejo. De corte clásico, el vestido resultaba simple y demasiado serio, y el color negro no le favorecía. Suspiró y se sujetó los cabellos en un moño suelto, no tan rígido como el habitual, pero no obstante muy serio. De nuevo hizo una mueca. Parecía un ama de llaves. Al menos los zapatos eran bonitos: de tacón alto y con los dedos al aire. Los había comprado por un ridículo impulso, pues no solía llevar tacones altos, ni tenía utilidad para ellos en Maddock Manor. Además, le hicieron daño nada más ponérselos. Aun así, al contemplarse en el espejo, decidió que el dolor merecía la pena. Eran completamente impropios de ella, pero los adoraba, y le proporcionaban el valor que necesitaba para salir a ese extraño e increíble mundo nuevo.

Leonardo se volvió en cuanto la vio aparecer en el salón. Estaba magnífico con su traje de seda color gris y sintió cómo la recorría de pies a cabeza con la mirada.

—Bonitos zapatos.

Ellery sonrió. Era lo mejor que podía haberle dicho, lo más amable y sincero.

–¿Nos vamos? –él le ofreció su brazo.

–Sí.

El restaurante era tan lujoso como ella se había esperado, pero del brazo de Leonardo, la inseguridad que sentía por su inadecuado atuendo desapareció.

Se sentía como una estrella de cine.

–¿Lo de siempre, señor de Luca? –murmuró el camarero que, tras recibir la aprobación de Leonardo, regresó en pocos segundos con una botella de Krug y dos copas de flauta.

–Nunca había bebido tanto champán –confesó Ellery mientras brindaban.

–Admito que siento debilidad por él, sobre todo cuando viajo. En casa, sólo bebo lo mejor.

–¿Y qué es lo mejor? –preguntó ella mientras tomaba un chispeante sorbo.

–El vino italiano, por supuesto. Uno de los motivos por los que financio a los viticultores locales. Bebe.

Ella temía que se le fuera directo a la cabeza pues tenía el estómago vacío. Aun así, sentía cómo la relajaba y eso no podía ser malo. Echó un vistazo al menú y su lujosa oferta.

–Hay mucho para elegir –murmuró ella.

–Seguro que has estado antes en restaurantes como éste –observó él con cierta brusquedad.

–No te creas –contestó ella sin saber muy bien cuánto debía, o quería, revelar–. No había mucho dinero –se decidió–. La casa es lo único de valor que hemos tenido nunca.

–Y el Rolls –le recordó él con delicadeza mientras la miraba con un gesto compasivo no exento de comprensión–. Háblame de él.

–¿De quién? –la carta casi se le cayó de las manos.

–De tu padre.

–No hay gran cosa que contar –ella se apresuró a sacudir la cabeza.

–Siempre hay algo que contar –Leonardo enarcó una ceja.

El camarero regresó con un cestillo de panecillos y Ellery evitó la penetrante mirada de su acompañante, afanándose en destrozar uno en el plato del pan.

–Era una persona... –comenzó al fin con un nudo en la garganta– imponente, carismática, ¿sabes a qué me refiero? Todo el mundo lo adoraba. Era amigo de todos, desde el jardinero hasta el mayor de los lores –levantó la vista y sonrió–. Mi madre quedó prendada de su encanto –hizo una pausa. No quiso contarle cómo su madre había descubierto que no había nada más que ese encanto, cómo su padre las había traicionado y destrozado, de lo difícil que resultaba perdonar, cómo aún no era capaz de intimar con nadie.

–¿Cómo murió? –preguntó él.

–Cáncer. Fue muy rápido, tres meses desde el diagnóstico hasta...

–Lo siento. Es muy duro perder a un progenitor.

–¿Has perdido tú a alguno? –parecía hablar por experiencia.

Leonardo hizo una pausa. Era evidente que no quería hablarle de su vida, pero no se lo podía reprochar, ella misma tenía su buena dosis de secretos y no le había contado toda la verdad, a pesar de lo cual sintió una punzada de tristeza al ver que él no se sinceraba.

–Mi padre –admitió al fin–. Pero no estábamos unidos. En realidad, no nos hablábamos.

–¿Por qué?

–¿Por qué suceden esas cosas? –Leonardo tomó un sorbo de champán y se encogió de hombros–. Quién sabe. Aun así, cuando ya es demasiado tarde, siempre te preguntas si no deberías haber sido un poco más clemente.

Ambos se sumieron en un profundo silencio. Ellery reflexionó sobre las palabras de Leonardo. ¿Debería haberse mostrado más compasiva con su padre? Se había enterado de la traición tras su muerte y aun así la verdad había despertado tantos recuerdos dolorosos de ausencias, de cumpleaños que se había perdido, de promesas incumplidas, del interminable ciclo de ilusión y desilusión...

No. No permitiría que el pasado estropeara aquella maravillosa semana. Contempló el plato del pan. El pobre panecillo había quedado reducido a un amasijo de migas.

–Bueno –suspiró–, no sirve de nada ponerse mustio. ¿Qué me sugieres que pida?

–Yo siento debilidad por la lubina salvaje –contestó él–, pero el filete de Angus también es muy bueno.

–Creo que elegiré el filete –decidió ella–. No soy muy atrevida a la hora de probar platos.

–Hay diferentes modos de ser atrevido –murmuró él–. Acompañarme durante una semana requiere una buena dosis de atrevimiento.

–O de insensatez –ella se ruborizó.

–Ellery, ¿por qué dices eso? –Leonardo entornó los ojos–. ¿Lamentas tu decisión?

–No, claro que no –sonrió Ellery–, pero la casa se va a caer a pedazos. Iba a emplastecer la pared del recibidor esta semana. Incluso había comprado el material.

–Impresionante –murmuró él con ojos burlones–. Sin embargo creo que esta semana va a ser mucho más interesante.

–Pues no lo sé –ella frunció los labios–. Me apetecía mucho emplastecer, ¿sabes?

–Me encanta cuando sonríes –Leonardo soltó una

carcajada mientras le tomaba una mano–. A veces pareces muy triste.

–Es que a veces me siento muy triste.

El camarero apuntó sus pedidos antes de que, afortunadamente, pudieran añadir más.

–¿Por qué tomó tu madre la decisión de vender Maddock Manor? –preguntó él al fin.

–Ya has visto cómo está, ¿no? –ella enarcó las cejas.

–No deja de ser el hogar familiar –él sonrió–. No debió de resultarle fácil desprenderse de él.

–Supongo que mi madre estaba harta. No guardaba demasiados recuerdos felices.

–¿No tuviste una infancia feliz?

–Lo suficiente –Ellery se encogió de hombros–. Pero su matrimonio naufragó muy pronto –respiró hondo para infundirse de valor y miró a Leonardo a los ojos–. Por eso estoy satisfecha con este acuerdo. Después de ver hundirse el matrimonio de mis padres, no me interesan las relaciones.

–Bien, a mí tampoco –asintió él tras una pausa. Había una inexplicable tirantez en el ambiente, inexplicable porque se suponía que ambos estaban de acuerdo–. Tú eres hija única, ¿no? No te he oído hablar de hermanos y supongo que la rama familiar se extingue contigo.

–Sí –Ellery sintió una opresión. ¿Por qué le preguntaba eso?–. Soy hija única

Se hizo un profundo silencio, roto al fin cuando ella se atrevió a mirarlo a los ojos y descubrió que la contemplaba absorto.

–Basta ya de hablar de mí –intentó imprimirle un tono casual– y de mis problemas. ¿Qué pasa contigo? Dijiste que eras de Spoleto. ¿Fuiste feliz allí?

–Me marché a los cinco o seis años –él se encogió de hombros–. Soy un chico de ciudad, criado en Nápoles por mi madre y su familia.

–¿Y tu padre?

–Él no formaba parte del conjunto.

Ellery asintió sin querer preguntar más, a pesar de que sentía curiosidad por conocer el motivo de la tristeza que su amargura intentaba ocultar. Quería saber más de Leonardo para comprenderlo, pero sabía que aquella semana no era el momento más propicio.

–Parece que ya llegan los entrantes –sonrió al ver acercarse al camarero–. Me muero de hambre.

Durante el resto de la velada la conversación se basó en trivialidades, pero Ellery tuvo la impresión de que ninguno de los dos había conseguido deshacerse de los recuerdos despertados por la conversación anterior. Leonardo parecía más preocupado que de costumbre y, por momentos, su expresión era distante, incluso lúgubre.

Tras el postre, regresaron en silencio a la suite, absortos en sus propios pensamientos.

Una indecisa Ellery esperó en el salón. No sabía cómo proceder. Leonardo se había quitado la chaqueta y aflojado la corbata, pero le daba la espalda como si no fuera consciente de su presencia.

Le hubiera gustado acercarse insinuante, arrancarle la corbata y conducirlo al dormitorio. Pero no podía. Se quedó parada, indecisa como una adolescente en su primera cita, deseando saber qué se esperaba de ella.

–Gracias por la maravillosa cena –dijo al fin.

–Ya sabes que para mí ha sido un placer.

–De todos modos... –ella se interrumpió pues él seguía de espaldas mirando por los ventanales que daban a Knightsbridge, a pesar de que no había gran cosa que ver.

Se quedó allí unos minutos más, dubitativa, indecisa,

hasta que resultó evidente que deseaba quedarse solo. Su presencia ya no era deseada ni requerida.

No le importó, al contrario. Todavía estaba cansada después de la noche en vela y tampoco tenían que estar pegados todo el rato. Incluso tenía esperanzas de poder quedar con Lil. A ella tampoco le vendría mal un poco de espacio.

–Creo que me voy a acostar –dijo con toda la dignidad de que fue capaz.

No fue hasta que llegó a la puerta del dormitorio que oyó la respuesta de Leonardo.

–Buenas noches, Ellery –le deseó con voz triste.

Leonardo permaneció frente a la ventana largo rato. Oyó cerrarse la puerta del dormitorio y se imaginó a Ellery quitándose ese horrible vestido y los elegantes zapatos, un conjunto en franca contradicción, como todo en ella. Hermosa e indecisa. Asustada y feroz. Valiente y tímida. Suspiró ruidosamente. Incluso en esos momentos deseaba estar con ella, deslizar las manos por todo su cuerpo... pero a pesar de todo se contuvo.

Un deseo mucho más peligroso lo había impulsado a hacer algo que jamás había hecho con una mujer: preguntar. Siempre había mantenido a sus amantes a una prudencial distancia emocional por un buen motivo. Porque, inevitablemente, alguien resultaría herido, y no tenía ninguna intención de ser él.

Recordó el gesto derrotado de su madre cada vez que le preguntaba por su padre. Había visto el dolor, un dolor que él mismo había sentido. Y recordó la brutal mirada que su padre le había dedicado la única vez que se habían visto frente a frente.

«Lo siento, no te conozco. Adiós».

Soltó un juramento en italiano y salió a la terraza, a la fría y húmeda noche. ¿Por qué le había lavado el pelo? ¿Por qué había iniciado una intimidad que insistía en no desear?

Pero aquella noche la había deseado. Había deseado estar con ella, conocer sus secretos, disipar sus miedos. Eran tan impropio de él que aquello no podía ser bueno. Lo asustaba.

No le gustaba.

No debería haberle pedido a Ellery que lo acompañara. Lo había hecho impulsivamente, sorprendiéndose él mismo tanto como ella. Había roto sus propias reglas y aquella noche había roto otra más. «No hagas preguntas. No necesites».

Lo había visto en sus ojos aquella mañana. Ellery había esperado que le diera las gracias y se despidiera. Él mismo había esperado marcharse. Tenía las llaves del coche en la mano. ¿Por qué se había quedado? ¿Por qué se lo había pedido?

La respuesta, por supuesto, era obvia. Deseaba más, deseaba a Ellery, y una sola noche no podría satisfacerle. Había conservado a varias de sus amantes durante un mes o más, y si le habían durado tanto era porque no le habían pedido nada salvo el placer físico y algunos regalos como muestra de su afecto.

No le habían hecho preguntas, ni le habían hecho reflexionar. Desear. Necesitar.

Recordar.

Pero Ellery sí. Esos ojos color violeta penetraban profundamente en su alma, haciéndole querer contarle cosas que jamás le había contado a nadie. Había deseado hablarle de su padre, del niño de catorce años, humillado y con el corazón roto tras ser rechazado. Jamás se lo había contado a nadie, ni siquiera a su madre.

Dudaba de que Ellery fuera remotamente consciente del efecto que tenía sobre él, y mientras que una parte deseaba entregarse a ese deseo y necesidad, otra más grande sabía que sería lo más peligroso.

No lo haría.

No podía hacerlo.

Leonardo se agarró con fuerza a la barandilla de la terraza y dejó que el húmedo viento soplara en su rostro. A su espalda vio apagarse la luz del dormitorio y se imaginó a Ellery tumbada en la enorme cama, indecisa y sola.

Entraría allí y le haría tiernamente el amor otra vez. Lo haría para tranquilizarla, y para convencerse a sí mismo de que lo único que deseaba era una semana de placer.

¿No era ése el motivo por el que la había llevado con él? Para saciarse de ella, pero también para darle algo. Se había sentido mal, culpable, por haberle despojado de su inocencia tan descuidadamente. Una semana de sexo y caprichos apaciguaría la sensación de culpa y cualquier pesar que pudiera sentir.

Además, reconoció con cierta amargura, tras una semana ella seguramente se cansaría de enredar con las clases bajas. Se cansaría de él.

La idea le provocó una repentina punzada de terror que desechó enseguida mientras se dirigía al dormitorio con fría determinación. A punto de abrir la puerta se detuvo en seco. Desde el interior provenía un sonido alarmante, algo parecido a un sollozo.

Soltando un juramento en italiano, se alejó de la puerta y paseó inquieto por el salón, impaciente y casi deseoso de no haber conocido jamás a Ellery Dunant.

Capítulo 8

ELLERY despertó de golpe. Eran las dos de la madrugada, a su alrededor todo era silencio y oscuridad, y fue dolorosamente consciente del hueco vacío en la cama a su lado.

¿Por qué no quería acostarse con ella? ¿Se había cansado ya? Y, de ser así, ¿por qué no le decía sin más que se marchara, que todo había terminado?

Pero si no se había cansado de ella, ¿qué otra posible explicación había a su aislamiento? Repasó la conversación mantenida durante la cena y el taciturno silencio que le habían provocado las preguntas sobre su pasado. No se había dado cuenta del efecto que habían producido en él. ¿Era ése el motivo por el que se mantenía alejado de ella? ¿Estaba sumido en sus infelices recuerdos tal y como había estado ella misma?

Saltó de la cama vestida con el mismo camisón que había llevado en la mansión, el único que tenía, y se dirigió al salón. Había luz en la terraza y vio a Leonardo sentado en un sillón, de espaldas a ella con la cabeza inclinada.

El corazón le dio un vuelco. Parecía muy serio, absorto... triste.

Se acercó un poco más, temerosa de molestarlo, aunque ansiosa por hablar con él, por tocarlo. Al asomarse por encima de su hombro vio lo que le mantenía tan concentrado.

–¿Estás haciendo un Sudoku?

–Siento haberte molestado –Leonardo se sobresaltó y se dio la vuelta lentamente.

–No, no... es que no podía dormir –Ellery tragó con dificultad ante el gesto sombrío que no tenía nada que ver con el pasatiempo–. Ahí deberías poner un seis.

–¿Cómo? –sorprendido, Leonardo consultó la revista.

–Ahí va un seis –ella se inclinó sobre su hombro y señaló la hoja–. ¿Lo ves? Has puesto un dos, pero no puede ser porque ya has puesto uno ahí –dio un golpecito con un dedo antes de apartarse, temerosa de haberle irritado u ofendido.

–Tienes razón –él se echó a reír–. Hay que ser muy bueno con los Sudoku para haberse dado cuenta tan deprisa.

–Bueno, es que paso muchas noches sola.

–Será porque tú quieres.

Ellery dudó un instante antes de sentarse en el sofá frente a Leonardo.

–Porque yo quiero, sí. En Maddock Manor no hay un gran ambiente social.

–¿Crees que tu madre la venderá algún día?

Ellery dejó escapar el aire. A veces le sorprendía que no insistiera en hacerlo. A pesar de su estado ruinoso, la casa valía más de un millón de libras. El hecho de que su madre estuviera dispuesta a conservarla le hacía pensar que echaba de menos los tiempos felices que habían vivido allí, o al menos que habían creído vivir, antes de que su padre hubiera puesto en evidencia el engaño. La mentira.

–Seguramente –contestó al fin–. Jamás pensé que fuera a vivir allí para siempre.

–¿Y qué harás cuando deje de ser vuestro?

Ellery se volvió bruscamente hacia él mientras se preguntaba por qué le importaría eso. ¿Calmaría su mala conciencia, al despedirse de ella, el saber que tenía algún futuro más allá de consumirse en Maddock Manor? ¿Se apiadaba de ella? ¿Por eso la había invitado?

–Supongo que volveré a dedicarme a la enseñanza a tiempo completo –la idea de ser una obra de caridad le resultaba humillante a la par que repulsiva–. Me gustaba mucho.

–¿De verdad? ¿Qué enseñabas? –Leonardo tenía esa mirada lánguida que ella había llegado a conocer tan bien. Significaba que, ni por un instante, lo había engañado.

–Literatura inglesa –ella lo miró fijamente–. Incluyendo *La dama de Shalott*, de Tenysson. Es uno de mis poemas favoritos, aunque no me gusta ser comparada con ella.

–¿Y eso? –Leonardo ladeó la cabeza–. ¿Por qué no?

–Bueno, no es que tuviera una gran vida. Prisionera en su torre, viendo la vida a través de un espejo encantado, enamorada de Lanzarote sin que él se fijara en ella jamás.

–Al final sí lo hizo –objetó él.

–Pero sin mucho énfasis –protestó Ellery–, teniendo en cuenta todo lo que ella había sacrificado por él.

Un incómodo y opresivo silencio se hizo entre ellos. Ellery había pretendido demostrarle el fino sentido del humor que tenía bromeando sobre el poema, pero, irritada, se dio cuenta de que había conseguido el efecto contrario.

–Es tarde –observó Leonardo–. Deberías irte a la cama.

–¿Vienes conmigo?

–En seguida –contestó él tras dudar unos instantes.

Ellery sintió una opresión en el corazón y, con silenciosa dignidad, regresó a la habitación.

Al despertar a la mañana siguiente, comprobó que el otro lado de la cama estaba intacto. O bien Leonardo no había dormido en toda la noche, o no lo había hecho con ella.

Ignorando la punzada de dolor que le provocaba la idea, se levantó, se duchó y se vistió. En el salón lo encontró vestido con traje de ejecutivo, consultando los titulares de prensa en su portátil mientras tomaba una taza de café.

–Buenos días –saludó sin apenas levantar la mirada del ordenador–. Hay café y panecillos. Me temo que, si quieres un desayuno completo, tendrás que bajar al restaurante.

–Con el café me bastará –Ellery se sirvió una taza y tomó un panecillo, aún caliente, antes de sentarse frente a Leonardo.

Permanecieron unos minutos en silencio.

–Me temo que hoy tendré que ir a la oficina –Leonardo levantó la vista del ordenador y la miró durante unos segundos–. Han surgido algunos problemas.

–Espero que nada serio –contestó ella con voz fingidamente casual.

–No. La crisis habitual. Espero que encuentres algo con lo que entretenerte –volvió a levantar la vista–. Tengo cuenta en la mayoría de los principales comercios, y en las mejores tiendas de moda. Y, por supuesto, puedes elegir lo que quieras en De Luca's.

–Por supuesto –murmuró ella.

–Entonces, ¿estarás bien? Volveré después de comer... espero.

–Estaré bien, Leonardo –contestó ella con creciente irritación–. No hace falta que me cuiden como si fuera una niña. Y da la casualidad de que ya había hecho planes.

–¿En serio? –él pareció preocupado y en alerta.

–Sí. Ya sabes que antes vivía aquí. Voy a comer con una de mis amigas de la facultad –aún no había llamado a Lil, pero sabía que su amiga le reservaría parte de su tiempo.

–¿De verdad? –la sonrisa de Leonardo fue casi gélida–. No sabía que hubieras hecho planes. ¿Y qué hubiera pasado si yo no hubiera estado ocupado?

–Supuse que tendrías negocios que atender –ella se encogió de hombros. Le gustaba la sensación de controlar la situación–. De todos modos, no íbamos a estar todo el día pegados el uno al otro, ¿no? Por lo que vi entre Amelie y tú, no te gusta que te acaparen.

–Ya te expliqué que no hay nada entre Amelie y yo –él frunció el ceño.

–Da igual –Ellery volvió a encogerse de hombros, terminó el café y se levantó de la mesa–. No puedes enfadarte porque haya hecho planes cuando acabas de decirme que estarás ocupado. ¿Quedamos para tomar el té? Tengo entendido que aquí es especialmente bueno.

–¿Té? –rugió Leonardo. Parecía furioso.

–O una copa antes de cenar –sugirió ella con una sonrisa–. Lo cierto es que me cuesta imaginarte con una tacita de té y una pasta.

Se volvió hacia el dormitorio y oyó la voz de Leonardo a su espalda:

–Muy bien. Nos veremos para tomar una copa. Pero al menos dedica parte de la tarde a ir de compras. Esta vez quiero que te pongas algo decente.

Ellery no contestó. Se suponía que no le debía importar, ni siquiera quería que le importara. Él jamás sabría el enorme esfuerzo que tenía que hacer. Con mano temblorosa, abrió la puerta del dormitorio.

Dos horas más tarde, Ellery aguardaba a su amiga, Lil, frente a un impersonal edificio de cemento y cristal en el centro de la ciudad. Se alegraba de que pudiera reunirse con ella para comer. Su cariño había supuesto un bálsamo para la maltrecha dignidad de Ellery. El último comentario de Leonardo le había resultado insultante y se preguntaba por qué la había invitado a acompañarlo si iba a evitarla o ignorarla día y noche.

–¡Ellery! –bajita, pelirroja y generosa en curvas, Lil Peters se fundió en un abrazo con su amiga–. ¡Cuánto me alegro de verte!

–¡Yo también! –contestó ella tras recuperar el aliento–. Ha pasado mucho tiempo.

–¿Y de quién es la culpa? –preguntó Lil mientras agarraba a su amiga del brazo–. He reservado aquí al lado. Tenemos mucho de qué hablar, y necesito tomar una copa.

–Yo también. Pediremos una botella –Ellery sonrió.

Diez minutos más tarde estaban cómodamente sentadas en un café francés con una botella de chardonnay en medio de la mesa.

–¿Y qué te trae por Londres? –preguntó Lil tras probar el vino–. Pensé que nuestro fin de semana de chicas sería la semana que viene –arqueó las cejas–. Por favor, dime que al fin has decidido volver a Londres para vivir decentemente.

–Me temo que aún no –Ellery sonrió.

–Ellery, ¿a qué estás esperando? Entiendo todo eso de la lealtad familiar, pero ese lugar se va a desmoronar a tu alrededor.

–Ya lo está haciendo –habían mantenido esa conversación infinidad de veces–. Aún no puedo venderla, Lil, no sé por qué –apretó los labios–. Sé que al final tendré que hacerlo, pero aún no estoy preparada.

–Desde luego tu padre hizo un buen trabajo contigo –la otra mujer sacudió la cabeza–. Hace cinco años que murió.

–Lo sé –Ellery sentía un nudo en la garganta y desvió la mirada.

–Comprendo que enterarte de... ya sabes, supusiera una conmoción –continuó su amiga con delicadeza–, pero necesitas pasar página.

–Ya lo he hecho –protestó ella mientras intentaba sonreír–. Sólo me aferro a la casa.

–Entonces, ¿qué haces aquí? –era evidente que Lil no estaba satisfecha ni convencida–. Y por favor, no me digas que es para comprar una aburrida cortina para el salón de invitados.

–No, aunque tampoco me vendrían mal unas cortinas nuevas –Ellery contempló la copa de vino–. En realidad he venido con alguien. Un hombre...

–¿Un hombre? –exclamó Lil provocando que varios comensales se dieran la vuelta.

–Lil... –Ellery se sonrojó y puso los ojos en blanco.

–¡Es que me alegro tanto! –la otra mujer se inclinó sobre la mesa–. Cuéntamelo todo. ¿Se trata del terrateniente de Suffolk? ¿Un granjero? Siempre me han parecido absolutamente sexys desde que vi el programa ése en que los granjeros buscaban esposa.

–Para –Ellery alzó la mano para detener el monólogo de su amiga–, es, era, un huésped.

–¿Un huésped? ¡Qué romántico! ¿Quién es? Quiero todos los detalles –de repente los ojos de Lil se abrieron desmesuradamente–. ¿No será ese tipo que mencionaste el otro día, no?

–Pues sí –ella hizo una pausa. No quería mencionar su nombre–. Es muy guapo.

–¿Guapo? ¿En serio? –Lil le apretó una mano–. Me alegro tanto por ti.

–No vamos en serio –se apresuró a aclararle–. Quiero decir, que esto es sólo por diversión. Una aventura –aquello no sonaba propio de ella. Lil sabía mejor que nadie cuántas aventuras había mantenido hasta ese día: ninguna.

–Una aventura –repitió Lil antes de encogerse de hombros–. Suena estupendo. ¿Y te ha traído a Londres para un fin de semana de desenfreno?

–En realidad una semana de desenfreno –Ellery volvió a sonrojarse–. Nos vamos a Milán.

–¡Milán! –una vez más, algunos clientes se volvieron hacia ellas–. ¿Quién es ese tipo, Ell?

Ellery no podía ocultarle la verdad a su mejor amiga, ni quería hacerlo. Había asistido al funeral de su padre, y había estado a su lado cuando su mundo se desmoronó.

«Un mundo que seguramente está a punto de desmoronarse de nuevo».

No. No resultaría herida, porque era ella la que tenía el control. Estaba teniendo una aventura, una estúpida aventura.

–Se llama Leonardo de Luca.

Lil desencajó teatralmente la mandíbula, provocando la carcajada de su amiga mientras el camarero les servía dos platos de humeante pasta.

–Cierra la boca. Y, por favor, no grites su nombre. Intentamos ser... discretos.

–¡Leonardo de Luca! –susurró Lil–. Ellery, ¡es el soltero más codiciado de toda Europa!

–¿En serio? –ella sintió una punzada de intranquilidad–. ¿Y cómo es que nunca había oído hablar de él?

–Tú no lees las revistas del corazón como hago yo –contestó Lil mientras hundía el tenedor en su plato de pasta–. Bueno, puede que no sea el más codiciado, debe de haber algún príncipe que ostente ese título, pero en serio, ¡Leonardo de Luca! Siempre aparece con alguna Barbie descerebrada colgada del brazo –de inmediato se mordió el labio–. Pero no me refería a ti. Ya lo sabes.

–Tranquila –Lil no le estaba contando nada que ella no supiera y lo había aceptado con los ojos cerrados–. Supongo que esta vez ha cambiado un poco de gustos.

–Supongo –aunque Lil sonreía, sus ojos reflejaban ansiedad–. No quiero que te haga daño.

–No te preocupes –le tranquilizó ella–. Ya te he explicado que no es más que una aventura. No me interesa una relación –sonrió–. Me conoces de sobra.

–Pues sí, pero... –asintió la otra mujer– también sé que sueles caer con todo el equipo.

–No voy a caer –enamorarse no entraba en sus planes. El amor quedaba fuera de los límites, tanto para ella como para Leonardo.

–¿Por qué se alojó en tu mansión? –preguntó Lil–. Quiero decir que uno esperaría que eligiera un lugar más lujoso. Sin ánimo de ofender, claro...

–No me ofendes –Ellery soltó una carcajada–. Yo misma soy la primera en admitir que Maddock Manor no es el parangón del lujo. Apenas tenemos agua caliente.

–Cielos.

–Se alojó allí con su jefa de relaciones públicas –ella

se encogió de hombros–, buscando un escenario para una sesión de fotos de moda.

–¿Una sesión de fotos? ¿En tu casa? –exclamó Lil estupefacta.

–Suena ridículo, ¿verdad? Pero al parecer posee cierta atmósfera.

–¿Y has accedido?

–No lo sé –Ellery no había dicho ni que sí ni que no. Si accedía, volvería a ver a Leonardo, lo cual no formaba parte del acuerdo–. El dinero desde luego vendría muy bien.

–Ellery... –Lil le tomó una mano y la miró con gesto de compasión–. ¿Estás segura de lo que haces? Leonardo de Luca no es... bueno no es exactamente una apuesta segura.

–Lo sé –contestó ella.

–¿Estás segura de que esto no es más que una aventura?

–Lil, estamos hablando de Leonardo de Luca.

–No –contestó su amiga–. Yo estoy hablando de ti. No me cabe duda de que Leonardo de Luca sólo busca una aventura, pero ¿y tú? ¿Estás segura de que es eso lo que quieres?

–Sí –afirmó Ellery con excesiva celeridad, aunque sin la suficiente convicción.

–Bueno, si estás segura...

–Lo estoy –sin embargo, en su mente repasaba la conversación de la noche anterior y el modo en que había intentado comprender a Leonardo, conocerlo. Eso no era lo que habían acordado. Así no se evitaría sufrir. La única manera de proteger su corazón era no implicarse en absoluto y con un mujeriego como Leonardo no debería resultarle difícil.

Salvo en las ocasiones en que no se parecía al hombre que todos conocían, el playboy de las revistas del corazón. Cuando le hacía preguntas, cuando le preparaba la comida, cuando le lavaba el pelo...

Ellery cerró los ojos. No podía permitirse pensar en él. No podía arriesgarse. No podía cambiar las condiciones del acuerdo.

—No te preocupes, Lil —abrió los ojos y sonrió forzadamente a su amiga—. Sé lo que hago. Esto no es más que una aventura.

A las seis de la tarde, Ellery entraba en el bar del hotel con sus zapatos de tacón alto. Se había comprado un vestido a juego, de seda gris, que se ajustaba a sus curvas. Llevaba los cabellos sueltos y había aprovechado una oferta de sesión de maquillaje gratuito en Selfridges. Había evitado ir a las tiendas De Luca's y tampoco había utilizado su cuenta.

Leonardo la esperaba sentado a la barra con un vaso de whisky en la mano. Parecía tenso y estresado. ¿Había tenido un duro día de trabajo? No le importaba. No preguntaría.

Conocía las reglas. Leonardo no quería que le hicieran preguntas. Sólo la quería en la cama. Y ella lo deseaba en la cama también. No había más, nunca habría más.

La noche anterior se había permitido sentir, incluso ser herida. Pero no volvería a suceder.

Aquella noche sería sólo lo que Leonardo quería que fuera, su amante. No su amor.

—Hola —saludó en un tono sensual que no había utilizado nunca.

—Bonitos zapatos —Leonardo la contempló de pies a cabeza.

–Vaya, pues gracias –Ellery le hizo un gesto al camarero y sonrió provocativamente.

–Nunca se me hubiera ocurrido que tuvieras fijación con los zapatos –observó él.

El camarero se acercó y Ellery pidió el primer cóctel de cuyo nombre se acordó, un destornillador, que provocó la expresión sorprendida de Leonardo.

–Hay muchas cosas que no sabes de mí.

–Eso parece –él le dedicó otra mirada y pareció aún menos complacido que antes.

Ellery se sintió frustrada. ¿Qué esperaba de ella? Le había dejado claro que comprendía la clase de relación que buscaba, pero nada parecía satisfacerle.

–¿Qué has hecho hoy? –preguntó él al fin.

–Comer e ir de compras –ella se encogió de hombros.

–Ya veo que has hecho buen uso de mis cuentas.

No parecía especialmente molesto, pero a ella no le apeteció aclararle que lo había pagado con su propio dinero. De repente no importaba. Leonardo le hacía sentirse ridícula.

–¿Por qué lo haces, Ellery?

–¿Hacer qué?

–Vestirte de ese modo, comportarte como una... vampiresa –él señaló su vestido.

–De verdad, Leonardo, me valoras en exceso –ella soltó una risita sensual que hizo que varios hombres se dieran la vuelta.

–¡Déjalo! –espetó Leonardo–. Deja de fingir. No sé qué intentas demostrar, pero no funciona –concluyó con frialdad–. No resulta seductor –y sin más se marchó del bar.

Ellery se quedó sola y humillada. A su alrededor percibió algunas miradas de curiosidad y de compasión.

Respiró hondo y cuadró los hombros mientras alzaba su copa hacia nadie.

–Salud.

En la suite, Leonardo paseaba por la habitación como una pantera enjaulada. No sabía por qué estaba tan enfadado, por qué ver a Ellery con ese aspecto lo había enfurecido tanto.

El vestido y el maquillaje, incluso los zapatos, eran de primerísima calidad y le conferían un aspecto sofisticado y sexy.

Coqueta, como las demás mujeres con las que se había acostado. Y de pronto se dio cuenta de que no quería incluir a Ellery en el mismo grupo.

Ellery era diferente. Él era diferente cuando estaban juntos. Al verla entrar en el bar con ese contoneo, hablando en ese tono de voz, había sentido que lo que había entre ellos perdía valor, lo convertía en una simple aventura.

Y sin embargo, era una aventura. Él mismo lo había dejado claro. Una semana, nada más. Él no mantenía relaciones, no buscaba amor.

Estaba furioso. Furioso consigo mismo por importarle. Por sentir. Estaba rompiendo las reglas, la más importante.

«No permitas que tu corazón se vea implicado».

Ellery entró en la suite sin saber qué se encontraría. El salón estaba a oscuras, al igual que el dormitorio. ¿Se había marchado Leonardo? ¿Lo había espantado definitivamente?

Quizás fuera lo mejor. Había estado fingiendo, interpretando un papel porque había creído, estúpida y equivocadamente, que era lo que él deseaba. Lo que deseaba ella.

Pero nada de eso importaba ya. Todo era demasiado confuso, demasiado complicado.

Quería regresar a su casa. Lo malo era que ya no estaba segura de dónde estaba ese lugar.

Encendió la luz del dormitorio y se quedó helada. Al mirar hacia la terraza vio una figura aferrada a la barandilla con la cabeza agachada.

Leonardo.

Sin pensar lo que hacía, ni por qué, Ellery abrió la puerta y salió a la fría noche.

Capítulo 9

LEONARDO tuvo que haber oído abrirse la puerta, pero ni siquiera se movió.

Ellery lo contempló durante un rato, sorprendida de su propia calma, que había sustituido a la anterior resignación. Ya no le importaba decir lo que fuera. Seguramente ése era el secreto: la indiferencia. Si no te importaba, no podía hacerte daño. Respiró hondo.

—Si lo que pretendías era montar una escenita, te salió de maravilla.

—Lo siento.

—Jamás pensé que comprar un vestido fuera a irritarte tanto —ella se encogió de hombros.

—Y los zapatos.

—O sea, que el problema son los zapatos —decidió emplear el mismo tono sarcástico que le parecía haber percibido en su voz—. Me preguntaba si los tacones no serían muy altos.

—Lo siento, Ellery —Leonardo se volvió hacia ella—. Me comporté como un imbécil.

—Yo también lo siento, supongo —ella suspiró. Había ido en busca de una disculpa, pero ya no parecía significar gran cosa—. No acabo de entender tu mensaje, Leonardo.

—¿A qué te refieres?

—A que nunca había mantenido una relación sin ataduras —lo cual él ya sabía puesto que había sido virgen—. Accedí a venir contigo porque me gustas, pero no me interesa una relación. Soy feliz sola. Y no acabo de entender cómo funcionan las aventuras...

–No emplees esa palabra.

–¿Aventura? –se encogió de hombros–. De acuerdo, llámalo como quieras, pero no entiendo cómo funciona ni qué se supone debo hacer.

–Sólo quiero que seas tú misma –contestó Leonardo en voz baja.

–Y sin embargo, cuando me comporté como soy, pasaste la noche en el salón –espetó ella–. Hasta yo sé que, cuando te llevas a tu amante a Londres, no duermes en el sofá.

–No –él suspiró y se frotó el rostro con la mano–. No lo haces.

–Entonces, ¿qué está pasando? ¿Por qué te enfadaste tanto? Pensé que seguía las reglas.

–Olvídate de las reglas –le interrumpió con rabia–. Olvida las malditas reglas. ¿Por qué tenemos que tener reglas? –la miró con lo que parecía desesperación antes de atraerla hacia sí casi con brusquedad–. Entre tú y yo no hay reglas –sentenció antes de besarla.

Ellery se sorprendió demasiado para poder reaccionar y su boca permaneció inmóvil mientras las palabras de Leonardo resonaban en su mente: «Entre tú y yo no hay reglas».

Pero antes de poder reflexionar sobre ello, su cuerpo tomó el mando y empezó a responder con avidez al beso, rodeando a Leonardo con los brazos para atraerlo hacia sí.

Él la besó como si fuera un náufrago y ella el único salvavidas. Ellery jamás se había sentido tan deseada, tan necesaria.

–¿Sabes que se te da muy bien el numerito de Rhett Butler? –bromeó ella recordando a uno de los personajes principales de *Lo que el viento se llevó* cuando Leonardo la tomó en sus brazos–. Nunca me habían llevado tanto en brazos.

–A veces son necesarios grandes gestos –contestó él mientras la llevaba al dormitorio.

Ellery se quedó dormida tras hacer el amor y al despertar comprobó que eran casi las diez de la noche. Demasiado tarde para cenar a pesar de las protestas de su estómago.

Leonardo se movió a su lado. También debía de haberse quedado dormido pues, al consultar el reloj, emitió un gruñido y se dejó caer sobre las almohadas.

–¡No me digas que hemos perdido la reserva para cenar! –bromeó ella.

–Hoy toca servicio de habitaciones –él sonrió y alargó una mano hacia el teléfono.

Comieron en la cama, alimentándose el uno al otro de la docena de platos encargados.

–Las sábanas se van a llenar de migas –protestó Ellery soltando una carcajada.

–Se me ocurren varias cosas peores. Además, no creo que vayamos a dormir mucho.

Sin embargo, casi al amanecer, se quedaron dormidos al fin. A punto de dormirse, ella se preguntó cómo podían haber cambiado tanto las cosas en unas horas.

Decidió dejar de reflexionar. Las reflexiones sólo conducían a dudas y éstas al miedo.

Se dejaría llevar y disfrutaría del nuevo y precioso nexo con Leonardo... lo que durase.

Despertó a la mañana siguiente con un beso de Leonardo en la frente.

–Despierta, *dormigliona*. Tenemos que tomar el avión de las once para Milán.

–¿Cómo? –ella se desperezó lentamente.

–Tengo una reunión de negocios a última hora de la tarde –le explicó mientras se dirigía al cuarto de baño–. Y esta noche celebramos la fiesta de lanzamiento de *Marina*. Quiero que lleves uno de sus vestidos.

–¿En serio? –el corazón de Ellery martilleaba contra su pecho.

–Sí, o sea, que vístete –él asomó la cabeza por la puerta del cuarto de baño–. La ducha es lo bastante grande para los dos.

Dos horas más tarde estaban cómodamente sentados en primera clase mientras el avión despegaba entre grises nubarrones hasta alcanzar un resplandeciente cielo azul. Como una metáfora de su vida, reflexionó ella.

Una vez en Milán, Leonardo condujo a Ellery hasta una limusina que les aguardaba y en pocos minutos se dirigían al centro de la ciudad.

–Tengo una suite en el Principe di Savoia –le explicó–. Tengo que ir directo a la oficina, pero te he reservado una serie de tratamientos de spa para esta tarde –le rozó brevemente la mano–. Quiero que te sientas absolutamente mimada.

–Ya me siento así –murmuró ella.

Al llegar al hotel, Ellery fue conducida hasta la suite presidencial. Durante varios minutos se quedó en medio del salón dando vueltas sobre sí misma mientras contemplaba la decoración, las obras de arte y las vistas a la piscina privada de la suite, decorada a semejanza de los baños romanos.

Al entrar en el dormitorio, sus pies se hundieron en una mullida alfombra inspirada claramente en el diseño de Aubusson. Sin embargo ésa no estaba en absoluto raída.

Sin poder contener la risa, Ellery se dejó caer en la enorme cama deleitándose en el maravilloso lujo hasta que una llamada a la puerta le hizo sentarse de golpe.

–¿*Signorina* Dunant? –le saludó una sonriente joven–. Le traigo su tratamiento de spa.

Tumbada junto a la piscina, disfrutó durante una hora de un masaje, seguido de una serie de terapias que le dejaron la piel suave y brillante.

Se sentía absolutamente rejuvenecida, por dentro y por fuera.

Uno de los empleados del hotel le había llevado la comida, y otro una selección de las mejores revistas. Maria, la joven masajista le hizo acostarse informándole de que volvería en un par de horas para ayudarla a vestirse.

Ellery no tardó en quedarse dormida.

Fue otra llamada a la puerta lo que la despertó y, antes de poder siquiera contestar, Maria entró en el dormitorio llevando un vestido envuelto en plástico.

–*Buona sera, signorina* –saludó alegremente–. He venido para vestirla. Esto primero.

Maria le mostró el conjunto de ropa interior más delicado que Ellery hubiera visto jamás. Intentó mirarse al espejo, pero la sonriente Maria agitó un dedo con gesto reprobatorio.

–Aún no. Espere a completar el conjunto. Ahora toca el vestido –le quitó el plástico y mostró el vestido más hermoso jamás visto.

Estaba confeccionado en seda de color lavanda, sin tirantes, y caía en una cascada de color que terminaba en una discreta, aunque impresionante, fila de volantes de un color violeta más claro. Ellery se moría de ganas de probárselo.

Maria le ayudó a ponérselo, aconsejándole sentarse

con cuidado para no aplastar la maravillosa tela. Después la peinó con un moño suelto del que colgaban descuidadamente algunos mechones y al fin le tocó el turno al maquillaje. Cuando al fin pudo contemplarse en el espejo, descubrió una versión mejorada y más hermosa de sí misma. Espectacular.

–*Signor* De Luca le ha enviado esto –Maria le entregó un espléndido par de pendientes de diamantes con forma de lágrima que Ellery se puso con manos temblorosas–. Y esto –añadió–. Al parecer las eligió con especial cuidado.

Ellery abrió la caja y descubrió un par de sandalias de tacón alto con incrustaciones de diamantes. Aunque apenas se verían bajo el vestido, eran el complemento perfecto. Tras ponérselos, Maria le entregó un echarpe de color malva que deslizó sobre sus hombros.

–*Signor* De Luca se reunirá con usted en el vestíbulo del hotel.

Ellery soltó una risita nerviosa. Le costaba creer que aquello fuera real, que ella, vestida de ese modo, fuera real. Unos pocos días atrás había estado fregando el suelo de la cocina y en esos momentos era Cenicienta a punto de ir al baile. Y, en algún momento en el transcurso de los siguientes cinco días, al igual que Cenicienta, lo perdería todo. Pero no quería pensar en ello. No quería arruinar la noche más mágica de su vida.

–Gracias por todo –le sonrió a Maria.

Vio a Leonardo nada más salir del ascensor al lujoso vestíbulo del hotel. Imposible que pasara desapercibido. Sus cabellos rizados estaban peinados hacia atrás e iba vestido con un impecable traje de etiqueta. Como si la hubiera presentido, se volvió al abrirse la puerta del ascensor. Durante un eterno y mágico momento, sus miradas se fundieron.

Leonardo deslizó su mirada por el cuerpo de Ellery y a sus ojos azules asomó un destello de admiración y satisfacción.

–*Magnifica* –exclamó mientras le rodeaba la cintura con un brazo, pero cuando Ellery alzó el rostro para recibir un beso, se apartó–. No quiero estropear tu maquillaje.

–No importa...

–El vestido hace juego con tus ojos. Deberíamos bautizarlo como color *Ellery*.

–No puedes...

–¿No? –Leonardo enarcó una ceja–. La primera vez que te vi, sólo me fijé en tus ojos –le susurró al oído–. Son del color de la puesta de sol más hermosa que haya visto jamás.

–¿Es éste un ejemplo del famoso encanto italiano? –Ellery rió.

–¿No te habías dado cuenta hasta ahora? –Leonardo fingió sentirse herido–. Vamos, el coche nos espera. Y como siempre –le susurró al oído–, bonitos zapatos.

La fiesta se celebraba en otro de los mejores hoteles de Milán. Los camareros se paseaban con bandejas repletas de copas de champán y el sonido del entrechocar de copas y la música de piano servía de telón de fondo al murmullo de las conversaciones.

Sin embargo, cuando entró en el salón de baile del brazo de Leonardo, se hizo el silencio.

–Se preguntan quién será Cenicienta –murmuró Leonardo mientras Ellery se quedaba helada bajo la mirada de quinientos pares de ojos–. Y los hombres sienten celos de mí.

–¿Y las mujeres? –ella intentó bromear.

–Desearían ser tan hermosas como tú.

La irrealidad de aquella velada no se disipó. Ellery se movía por el salón de baile, sin despegarse de Leonardo mientras éste charlaba animadamente, casi siempre en italiano, con cientos de personas diferentes.

Dos horas más tarde, sufría un considerable dolor de cabeza, y una enorme sed al no haber bebido nada más que dos copas de champán desde su llegada. El vestido le oprimía ligeramente bajo los brazos y las sandalias le apretaban. Además, se moría de hambre.

De repente sintió un irrefrenable deseo de verse en la cama, con un buen libro y un cuenco de palomitas.

—Están a punto de servir la cena —le informó Leonardo—. Has sido muy paciente al aguantar todas estas conversaciones de negocios.

—No ha sido nada —Ellery intentó sonreír.

—Aun así, estoy seguro de que tendrás hambre.

—Sí... pero necesito ir primero al lavabo. Me gustaría refrescarme un poco.

Se abrió paso entre la gente y respiró aliviada al verse fuera del abarrotado salón de baile. Un camarero le indicó el camino a los lavabos que, afortunadamente, estaban vacíos. Acababa de entrar en el retrete cuando oyó entrar a dos mujeres que hablaban en inglés.

—¿Has visto a la última de De Luca? —preguntó una de ellas en tono lacónico y aburrido.

—¿Esa florecilla marchita? No durará mucho.

Ellery se quedó helada mientras se asomaba para ver a las dos mujeres que se retocaban el maquillaje frente al enorme espejo.

—Con Leonardo ninguna dura mucho —observó la primera—. Sin embargo, a ésta parece darle un tratamiento de lujo. El vestido pertenece a su nueva línea de moda y, ¿te fijaste en esos pendientes? Leonardo debe de habérselos regalado.

—El pago por los servicios prestados —la segunda mujer soltó una carcajada—. Él siempre les ofrece el tratamiento de lujo antes de hacer caer el hacha.

–Entonces, ésta habrá desaparecido mañana. Yo creía que estaba saliendo con esa griega.

–¿La heredera? No, hace siglos que se deshizo de ella –la mujer se encogió de hombros–. Bueno, creo que ya hemos visto a esta querida suya. Me pregunto quién será la siguiente.

Ellery esperó a que las dos mujeres se marcharan antes de salir.

No es que le hubieran sorprendido los chismorreos y sabía que Leonardo había estado con muchas mujeres. Incluso era consciente de que lo suyo no duraría más de una semana.

No eran los cotilleos envenenados los que le habían sorprendido.

«Querida».

Era la querida de Leonardo. Una mujer para ser usada y desechada, como su padre había usado y desechado a su esposa y a su querida, la mujer que había destrozado sus vidas.

La ropa, las joyas, los zapatos... todo era, ¿cómo lo había llamado esa mujer?, el pago por los servicios prestados. Era una mujer comprada, una furcia...

Aquello no era una aventura sin más. Había perdido el control. Aquello no era ni de lejos lo que deseaba. Había sido una imbécil al creérselo y, peor aún, se había engañado a sí misma al pensar que Leonardo pudiera sentir algo más que un pasajero capricho...

«Siempre les ofrece el tratamiento de lujo antes de hacer caer el hacha».

Respirando entrecortadamente, muriéndose de dolor, Ellery sintió que el hacha ya había caído.

Capítulo 10

ELLERY regresó al salón de baile y, por una vez, se alegró de no encontrar a Leonardo.

Era horriblemente consciente de las miradas de curiosidad que despertaba. Unas miradas que no reflejaban admiración, ni siquiera celos, sino malicia y piedad. Todos los presentes, la flor y nata de la sociedad europea, sabían que era la querida de Leonardo.

Sólo estaba allí porque se había acostado con Leonardo de Luca.

Era tan obvio que no entendía cómo no había establecido la conexión antes. Se había traicionado a sí misma. Le había dicho a Leonardo, a Lil, a sí misma, que sólo le interesaba una aventura. Había llegado a creérselo. Al menos en su mente.

Pero en su corazón era otra cosa. Su corazón deseaba una relación. Su corazón, comprendió con desesperación, deseaba amor.

Sin pensárselo más corrió hacia el vestíbulo, tan deprisa que tropezó y una de sus sandalias se le salió.

–*Signorina! Signorina! Vostro pattino!* –uno de los botones la recogió.

–*Grazie... grazie* –balbuceó ella.

–Igual que Cenicienta, ¿verdad? –observó el botones.

–Sí, igual que Cenicienta –contestó ella con una sonrisa triste. Tenía la sensación de haberse convertido ya

en una calabaza a pesar de que aún no fuera la media-
noche.

Tomó un taxi de regreso al Savoia y le pidió una habitación al conserje.

–Seguro que no será necesario, *signorina*... –el hombre frunció el ceño.

–Sí lo es –contestó Ellery con firmeza–. ¿Cuánto
cuesta la habitación más... sencilla?

El hombre volvió a fruncir el ceño y citó una cantidad que ella jamás podría permitirse.

–*Scusi*... –tragó con dificultad– tenía razón, no será
necesario.

Tenía que sacar sus cosas de la suite presidencial, y
dejarle una nota a Leonardo.

Lo que no sabía era cómo explicárselo. Cómo argu-
mentar que había accedido a sus malditos términos, a
aquella aventura, porque había pensado estar en pose-
sión del control. Había estado convencida de no ser
como su madre. Sin embargo, al oír la conversación de
aquellas mujeres en el lavabo se había dado cuenta
de que no era como su madre. Era peor. Era como la
querida de su padre. En eso consistía su aventura: acep-
taba regalos, se alojaba en lujosos hoteles, se dejaba mi-
mar porque era su amante. Su querida. El pago por los
servicios prestados. Un acuerdo cuyos términos había
elegido él.

Se maldijo por no haberse dado cuenta, por no comprender el significado de todo aquello.

Había estado tan obsesionada con no comportarse
como su madre que había terminado por comportarse como la mujer a la que despreciaba, la que les había robado
el corazón de su padre, la que le había quitado todo,
hasta los recuerdos, dejándole sólo Maddock Manor.

Por eso se empeñaba en quedarse allí.

Y por eso tenía que marcharse. No podía ser esa clase de mujer. Ni siquiera podía fingir serlo siquiera por un instante.

Ellery se dirigió a la suite. Abrió la puerta y se quitó las odiosas sandalias de una patada.

–¿Qué demonios estás haciendo?

Leonardo la miraba furioso desde el centro del salón.

–¿Por qué has venido?

–Te vi salir corriendo de la fiesta y tomé el primer taxi.

–Y llegaste antes que yo –observó ella aún aturdida.

–Tú no conoces Milán –Leonardo se encogió de hombros–. El taxista seguramente te trajo por el camino más largo para ganarse unos cuantos euros más.

–Entiendo –Ellery se movía como una sonámbula.

–Pues yo no –rugió él–. ¿Por qué te marchaste de la fiesta sin decirme nada? ¿Te das cuenta de la cantidad de personas que te vieron? Incluyendo unos cuantos periodistas. Mañana toda la prensa hablará de cómo la querida de De Luca lo dejó tirado.

Ellery se quedó lívida y se volvió lentamente, y muy tranquila, hacia Leonardo.

–Es la primera vez que te refieres a mí en esos términos.

–¿De qué estás hablando? –Leonardo parecía desconcertado.

–Querida. Me has llamado tu querida.

–Sólo es una palabra, Ellery –la voz de Leonardo denotaba aburrimiento.

–No es verdad –ella respiró hondo–. Es una actitud.

–Muy bien. Lo que tú digas –parecía exasperado–. ¿Por qué te fuiste?

Ellery sacudió la cabeza. Intentó asimilar lo mucho que habían cambiado las cosas, lo frágil que había sido su unión. Leonardo había dicho que no había reglas entre ellos, pero sí las había, aunque sólo para ella.

–Me fui porque recibí el toque de atención que necesitaba desde hacía tiempo.

–¿Un toque de atención? ¿De qué me estás hablando, Ellery?

–Oí una conversación en el lavabo –sentía un nudo en la garganta–. Sobre mí.

–Ellery, supongo que comprenderás que eran sólo cotilleos –Leonardo se acercó hasta ella en dos zancadas y la sujetó por los hombros.

–Sí, eso ya lo sé –balbuceó Ellery–. Puede que fuera virgen, pero no estúpida.

–Entonces, qué...

–Soy tu querida, Leonardo, ¿verdad? De eso va este fin de semana –consiguió soltarse y se dirigió al ventanal que daba a la terraza–. Te acompañé porque pensaba que sería sólo una aventura, un poco de diversión. Pensaba que podría manejar la situación.

–Nada de lo que dices tiene sentido –masculló Leonardo entre dientes.

–Ya lo sé –asintió Ellery–. Y reconozco que mi reacción a la palabra «querida» ha sido puramente emocional, incluso irracional. Pero me temo que no cambia cómo me siento.

–No entiendo nada –Leonardo se encogió de hombros con impaciencia.

–Yo en cambio al final lo he entendido todo –contestó Ellery–. Estos preciosos pendientes –se los quitó y los dejó sobre la mesita de café–, y estas sandalias. Todo es el pago por los servicios prestados. Porque si no me acostara contigo, no estaría aquí.

–Eso es ridículo. ¿Qué estás diciendo, Ellery? ¿No puedo darte cosas? ¿Regalos?

–No son regalos. Nuestra relación, si es que se puede llamar así, no es equitativa porque tú eres el que decides, Leonardo. Cuando te canses de mí, me arrojarás a la calle como... –se mordió la lengua para no mencionar a su madre– como un zapato viejo.

–Ya conocías los términos del acuerdo cuando te invité a venir conmigo.

–Desde luego. Conocía las reglas. Y se aplican a rajatabla, ¿verdad? Sólo tú puedes romperlas, cambiarlas, o siquiera olvidarlas por un instante –respiró entrecortadamente–. Conocía las reglas. Pero no tenía ni idea de cómo me harían sentir.

–Accediste –insistió él con voz gélida–. En realidad dejaste claro que te parecía muy bien. No buscabas una relación, Ellery. Ni amor. ¿O acaso me engañaste?

–Me engañé a mí misma –confesó ella–. Porque pensaba que era eso lo que quería.

–Entiendo.

–No, no lo entiendes.

De repente toda la rabia la abandonó, dejándola agotada y triste.

–Lo sabía –continuó con calma–. Y por eso puede que no parezca justo que haya cambiado de idea. Pero no puedo hacerlo. No puedo ser tu... querida, ni la de nadie.

–¡Ya te lo he dicho! –Leonardo explotó–. Sólo es una palabra. ¿Por qué te disgusta tanto?

–Porque para mí es más que una palabra –Ellery sonrió con tristeza–. A lo mejor debería explicarte por qué insisto en permanecer en Maddock Manor.

–De acuerdo.

–Ya te he contado que adoraba a mi padre –suspiró y se dejó caer en el sofá sin mirar a Leonardo a la cara–. Era carismático y encantador –empezó como si leyera un guión, el guión de la falsa vida de su padre–. Nunca se le dieron bien los números. Heredó la propiedad y el título de su padre, pero dejó que se viniera abajo lentamente. Cuando era pequeña era mi hogar y lo adoraba. Cuando me hice mayor estaba demasiado ocupada con mi vida para darme cuenta o siquiera preocuparme.

–Es algo normal entre los jóvenes –Leonardo escuchaba, pero parecía impaciente.

–Supongo que sí. De todos modos, no es lo que quiero contarte. Sólo quería que lo comprendieras... todo –lo miró a la cara y continuó–: Mi padre solía marcharse en viajes de negocios, como los llamaba él, aunque en realidad no tenía ningún trabajo como tal. Decía que tenía intereses en inversiones –ella rió con amargura–. Y desde luego que tenía intereses, en concreto dos –respiró hondo y miró a Leonardo a los ojos–. Se marchaba durante días, semanas en ocasiones. Mi madre me decía que lo hacía por nosotras, para que pudiésemos seguir viviendo en la preciosa mansión. Creo que estaba convencida de ello, o al menos que se convenció a sí misma aunque, echando la vista atrás, sé que sospechaba algo. Pero no descubrimos la verdad hasta después de su muerte, cuando yo tenía diecinueve años.

–¿Qué pasó? –Leonardo entornó los ojos.

–Que se destapó la vida secreta de mi padre –contestó ella–. Tenía una querida. Una querida y... –se interrumpió– un hijo.

Leonardo apretó los labios con fuerza, pero no dijo nada.

–Un hijo –Ellery sacudió la cabeza mientras revivía la impresión y el horror de aquel día en que la otra familia de su padre había aparecido en Maddock Manor, tan apenados por la muerte de su padre como su madre y ella misma–. Tenía otra vida, otra familia. Vivían en

Colchester en una bonita casa que él mantenía, uno de los motivos por los que la había desatendido el mantenimiento de la mansión. Costear dos vidas separadas es muy caro.

Respiró hondo y dejó escapar el aire lentamente.

–Al principio no les creímos. ¿Cómo era posible que nadie lo supiera? ¿No habría dicho alguien algo? Al fin y al cabo se paseaba por Colchester en un Rolls de época –intentó en vano soltar una carcajada–. Pero esa mujer nos mostró las fotos hechas durante años. Cumpleaños, incluso Navidades durante las que mi padre insistía en que debía ausentarse.

Ellery había mirado estupefacta las fotos de su padre jugando al fútbol con el hijo que siempre había deseado tener, y que había tenido. El rostro de su madre se había vuelto hermético al contemplar a su esposo besando a otra mujer. Para ambas había sido la peor de las traiciones.

–¿Cómo se llama?

–¿Mi madre? –ella lo miró sorprendida.

–No –contestó él–, la querida de tu padre. ¿Cómo se llama? ¿Lo sabes? ¿Te acuerdas?

–Diane –contestó tras una pausa.

–¿Y el hijo?

–David –contestó ella al fin–. Tiene un año menos que yo. ¿Por qué quieres saberlo?

–Por nada –Leonardo se encogió de hombros–. Pero no entiendo qué tiene que ver todo eso contigo o conmigo.

«Contigo o conmigo», no «contigo y conmigo». Quizás ya no hubiese ningún «contigo y conmigo», ese imprescindible «nosotros». Quizás nunca hubiera existido.

–Porque quería que entendieras –Ellery tragó con dificultad– que accedí a esta semana, Leonardo, porque pensé que sería diferente. Pensé que yo sería diferente.

He pasado casi toda mi vida adulta intentando no ser como mi madre, enamorada de un hombre que no la podía amar. Por eso evitaba las relaciones, por eso era virgen –rió amargamente–. Y por eso accedí a esta aventura, porque pensé que sería un modo de tomar el mando, de elegir por mí misma, de no ser como ella y –aclaró– porque quería hacerlo. Quería estar contigo, pero he acabado siendo peor que mi madre. He acabado siendo como la querida de mi padre. Una querida –repitió con tono repulsivo–. No puedo ser así.

–Pero yo no estoy casado –protestó Leonardo–. No es lo mismo.

–No –admitió ella–. No exactamente, pero... –extendió los brazos para abarcar los pendientes y la enorme cama. Todo–. No era lo que yo quería. No soy yo.

–Lo que estás diciendo –la voz pausada de Leonardo aún dejaba traslucir su ira– es que deseas una relación –pronunció las palabras con desprecio–. Incluso amor.

Ellery parpadeó. No quería admitirlo. No quería ser tan vulnerable, sobre todo ante Leonardo. Estaba claro que él no quería amor, no de ella, ni de nadie.

–No sé lo que quiero –admitió al fin–. Pero no es esto.

Y aun así, deseaba a Leonardo. Su cuerpo, y su corazón, sufrían al recordar sus caricias. Incluso en esos momentos quería amarlo. Ser amada. La idea era aterradora, una idea que se había estado negando. Y, sin embargo, la verdad era tan patente que no se explicaba cómo había podido engañarse a sí misma, por no mencionar a Leonardo.

Era una querida estúpida y muy inadecuada.

–En cualquier caso, siento causar tantos problemas –ella misma se sorprendió por la disculpa, demasiado simple para lo que sentía en realidad–. No era lo acordado.

Se preguntó por qué se lo había contado. Leonardo tenía razón, su padre y su pasado no tenían nada que ver con ellos dos. Era su pasado, su problema, y la razón por la que había acabado con el corazón destrozado, igual que su madre.

Leonardo contempló los delicados hombros de Ellery hundirse mientras soltaba todo el dolor que había estado reteniendo durante tanto tiempo.

Él también tenía el corazón desgarrado pues sabía bien cómo se sentía ante la traición de su padre que la había convertido en un ser solitario. Temerosa de confiar, de amar.

¿Acaso él no era igual?

Y al mismo tiempo era muy diferente. Lo que ella le había confesado lo confirmaba.

Aun así, deseaba tomarla en sus brazos, acariciarla y besar esas lágrimas que humedecían los ojos color violeta y decirle que el pasado no importaba.

Aunque sí importaba. El pasado importaba mucho y era lo que les mantenía allí, suspendidos en un incómodo silencio que ninguno de los dos se atrevía a romper.

Y estaba furioso con ella por haber roto el acuerdo y las reglas.

Y estaba furioso consigo mismo por el mismo motivo.

—Iré a cambiarme —susurró Ellery.

Leonardo reprimió un juramento. No quería que aquello terminara así. No quería que Ellery se marchara. No estaba preparado para dejarla marchar, a pesar de que fuera hasta cierto punto inevitable. A pesar de que sería lo más juicioso. Para los dos.

–Espera –ordenó con voz ronca. No sabía qué decir. No sabía qué era capaz de sentir. De dar–. Quiero ayudarte.

Ella se volvió, sorprendida, recelosa y, quizás, un poco esperanzada. Leonardo se obligó a sonreír. Él tampoco sabía qué quería. No sabía qué quería sentir.

–No terminemos así, Ellery.

–Es que no le veo el sentido a continuar.

–Hay... –Leonardo hizo una pausa y tuvo que forzar las palabras a través del nudo que tenía en la garganta– hay cosas que yo también tengo que contarte –apenas podía creer lo que decía pues no tenía ninguna intención de revelarle sus secretos.

¿O sí?

¿Por qué le hacía desear compartir esa parte de sí mismo que había ocultado al mundo?

Tenía la sensación de caminar por el borde del abismo abierto entre ellos. Un abismo que nunca podría saltar. Sólo podía lanzarse a él.

–¿De verdad? –preguntó ella con cautela.

Leonardo hizo un torpe amago de asentimiento. Estaba a punto de caer, pero no sabía si se hundiría en el abismo o si la confianza, el amor, le darían alas para sobrevolarlo. Era una sensación aterradora de incertidumbre, de indefensión. Una sensación que no le gustaba.

–Después –espetó casi con rudeza–. Ya habrá tiempo para ello más tarde.

Ellery asintió y aceptó la mano tendida para dejarse llevar al dormitorio de un Leonardo que ya no podía confiar en sí mismo. No le quedaban más palabras.

Despertó a la mañana siguiente con el cuerpo dolorido como si hubiese escalado una montaña. Y sin embargo no veía la cima. Tumbada en la cama con el rostro bañado por el sol de la mañana, se preguntó cuánto tiempo había estado escalando.

Había dedicado una gran parte de los últimos años a la incesante travesía en un intento de encontrarle sentido a una vida destrozada por las revelaciones de su padre.

Se dio la vuelta y contempló a Leonardo. No estaba muy segura de qué había sucedido la noche anterior, de si Leonardo y ella habían encontrado un camino para seguir adelante. Apenas habían hablado después de su confesión. Las palabras eran demasiado peligrosas y el nexo entre ellos demasiado frágil. Ellery se había ido a dormir sola, pero al despertar en mitad de la noche había descubierto a Leonardo tumbado a su lado.

Examinó su rostro, los rasgos suavizados por el sueño, las pestañas acariciándole las mejillas. Se preguntó qué pensamientos rondarían su mente, qué esperanzas albergaba su corazón. Se preguntó si tendría el coraje de preguntárselo, o si él lo tendría de responderle.

De repente, abrió los ojos y la sorprendió mirándolo.

–Buenos días –saludó Leonardo con voz somnolienta–. Me miras como si fuera un rompecabezas que intentaras resolver.

–Es algo mucho menos espectacular –le faltaban demasiadas piezas para intentarlo siquiera–. Me gusta verte dormir.

Leonardo le tomó una mano y se la llevó a los labios. El corazón de Ellery se encogió ante la ternura del gesto y su posible significado. Pero no se atrevió a preguntar.

–Quiero mostrarte una parte de mi vida –le anunció él.

–Y yo quiero verla –su vida, su ser. Ella sintió renacer la esperanza–. ¿Adónde me llevas?

–Primero a De Luca's, y luego, quizás, a Umbría, de donde yo soy.

Era su modo de construir un puente sobre el abismo que se había abierto entre ellos, el abismo entre una aventura y una relación.

Se dirigieron en una limusina a la tienda principal de De Luca's, en el centro de Milán. Situada en un edificio de estilo modernista, comprendía cinco plantas de auténtico lujo. La gente se apartaba al paso de Leonardo y los empleados acudían, atentos a cualquier deseo.

Leonardo le enseñó todo. Conocía el nombre de cada uno de sus empleados, conocía cada uno de los artículos. Era el dueño absoluto de todo aquello.

–¿Cómo es que sabes tanto? –preguntó ella mientras subían en el ascensor de estilo antiguo.

–Es mi obligación –él se encogió de hombros–. Empecé como chico de los recados en unos grandes almacenes. Yo lo observaba todo, incluyendo el despilfarro, la corrupción y la avaricia. Y supe que quería hacer algo mejor, más grande. Algo que celebrara la belleza sin hacerte ver la fealdad –soltó una risita tímida, poco habitual en él.

A lo largo de la tarde, le enseñó todas las secciones de la tienda, pero no se ofreció a comprarle nada. No quería que se sintiera como la tan temida querida. Era curioso cómo la ausencia de regalos podía ser en sí mismo un regalo.

Era consciente de estar enamorándose de él. Amor. La palabra prohibida, la palabra que sólo podía susurrar para sí misma porque le daba mucho miedo. El amor daba miedo. Era arriesgado. El amor era grande, peligroso, desconocido.

Al final del día regresaron al hotel agotados, pero felices. Leonardo pidió comida y cenaron en el salón de la suite a la luz de las velas. Apenas hablaron, como si ambos supieran que las palabras romperían el precioso y frágil lazo surgido entre ellos.

Cuando Leonardo alargó una mano para conducirla al dormitorio, ella simplemente se dejó llevar. No hizo preguntas. Simplemente hizo. Simplemente fue.

Hicieron el amor lentamente y en silencio, en una expresión pura de comunicación. La unión de dos cuerpos, dos mentes, dos corazones. Leonardo la penetró mirándola fijamente a los ojos y ella sintió aflorar las lágrimas a sus ojos.

No había esperado que Leonardo llegara a ella, que la encontrara, pero lo había hecho. En sus brazos no necesitó cuestionar, preguntar, lamentar. Simplemente se dejó abrazar, escuchando el sonido de su respiración. Y se sintió en paz.

A la mañana siguiente salieron de Milán en el Porsche plateado de Leonardo. Después de una hora, tomaron una estrecha carretera entre las colinas de Umbría bañadas por el sol.

–¿Adónde vamos exactamente? –preguntó ella. Apenas habían hablado en el coche. Las palabras seguían siendo peligrosas. El silencio era oro.

–A un *palazzo* cerca de Spoleto –contestó él–. Algo así como mi hogar.

Otra hora más y llegaron a un camino flanqueado por árboles que culminaba ante un magnífico *palazzo* cuya docena de ventanales resplandecía bajo el sol.

De modo que allí se había criado Leonardo. Un hijo de privilegios y poder.

–¿Vive alguien aquí ahora? –preguntó Ellery mientras seguía a Leonardo a la entrada principal. Ese lugar producía una extraña sensación de vacío. Sin vida.

–No –sacó una llave del bolsillo y abrió la puerta. La alarma saltó de inmediato y él la apagó–. Entra –sonrió con amargura– a mi particular Maddock Manor.

Ellery entró en un impresionante vestíbulo de suelo de mármol blanco y negro.

–Esto no se parece a Maddock Manor –soltó una risita nerviosa.

–Hablaba en sentido figurado –contestó él–. Es la primera vez que entro aquí.

–¿Cómo? –Ellery lo miró sorprendida–. ¿Qué quieres decir? ¿No es éste tu hogar? –y sin embargo comprendió que Leonardo no tenía hogar. Vivía en hoteles temporales, impersonales, lujosos. Se preguntó si habría algún motivo para ello... y si iría a contárselo.

–Es la casa de mi padre –le corrigió Leonardo–. Murió hace tres años y yo la compré –hizo una mueca que ocultaba mucha oscuridad y dolor–. Nuestros padres... se parecían mucho.

–Leonardo, ¿cómo...? –la expresión en el rostro de Leonardo le impidió continuar. Y tampoco sabía qué decir, qué preguntar.

–Vamos –le animó él sin abandonar su expresión de amargura–. Veamos qué he comprado.

Leonardo empezó a inspeccionar cada estancia y, tras un momento de duda, ella lo siguió. Las estancias estaban repletas de obras de arte y todo estaba limpio y en perfecto estado.

Y sin embargo, Leonardo jamás había vivido allí. Nadie vivía allí.

Aquello resultaba extraño. Inquietante.

–¿Leonardo? ¿Qué sucede? ¿Por qué nunca has vivido aquí?

–No está mal –él se paró ante lo que parecía un Gauguin original.

–Leonardo...

–Nunca he vivido aquí porque jamás me fue permitido –le interrumpió con voz exenta de emoción–. Ésta era la casa de mi padre... que jamás me reconoció como hijo.

–¿Qué...? –Ellery respiraba entrecortadamente.

–Cada uno venimos de un lado del cuadro, Ellery –él sonrió–, y sin embargo contamos la misma sórdida historia

Ellery sacudió la cabeza sin entender, pero sabiendo que lo que le contaba era terriblemente importante.

–Mi madre –continuó él–, era la querida de mi padre.

«No es más que una palabra», recordó ella.

¿Por eso lo había dicho? Ellery se sonrojó al recordar las cosas que había dicho sobre la querida de su padre... y sobre el hijo de esa mujer.

Pero ese hijo había tenido más suerte que Leonardo, pues su padre lo había reconocido. Amado. Leonardo, resultaba evidente, no lo había sido.

–¿Y qué pasó? –susurró ella.

–Mi madre trabajaba en la cocina –él se encogió de hombros–. Ya sabes, el viejo clásico.

Soltó una risita, casi de aburrimiento, aunque Ellery percibió el dolor subyacente y supo que el rechazo de su padre lo había herido del mismo modo que a ella el del suyo.

–Se quedó embarazada y tuvo que marcharse, aunque mi padre le dio un poco de dinero –hizo una mueca–. Desde luego no la instaló en una bonita casa en Colchester –la voz se le quebró–. Ni tampoco pasó los cumpleaños o las Navidades con su otra familia.

Ellery contuvo las lágrimas que afloraban a sus ojos. Había estado tan obsesionada con su propia y triste historia que no había pensado en la de Leonardo.

–¿Ella lo amaba? –necesitaba saberlo. «¿Lo amabas tú?», quiso preguntar también.

¿Se había sentido tan defraudada por su padre como ella por el suyo? ¿Quizá más? Él no había recibido nada de su padre. Ella, al menos, tenía sus recuerdos.

–¿Quién sabe? –Leonardo se encogió de hombros–. No habla mucho de ello. Se sentía avergonzada, una mujer soltera y embarazada en la Italia rural era algo terrible en aquella época –se acercó a la ventana y contempló los jardines impecablemente cuidados–. Por eso se trasladó a Nápoles, necesitaba alejarse de los chismorreos y su hermana vivía allí.

–¿Llegaste a ver a tu padre?

–Una vez –el cuerpo de Leonardo se tensó. La contestación no admitía más preguntas.

–¿Y esta casa? –preguntó ella tras una pausa–. ¿Cómo acabaste comprándola?

–Ésa es una pregunta interesante –él se alejó de la ventana–. ¿Por qué no vemos el resto?

Sin decir palabra, Ellery siguió a Leonardo que subió las escaleras de mármol y se adentró por un pasillo con puertas de madera a ambos lados. Sus pisadas eran amortiguadas por la gruesa alfombra. Apenas se detuvieron en los dormitorios lujosamente decorados.

Ese Maddock Manor, pensó ella con ironía, tenía un aspecto mucho mejor que el suyo.

De nuevo en la planta baja, Leonardo se detuvo en la biblioteca e inspeccionó los títulos de los innumerables libros con tapas de cuero con un gesto de desapasionada calma que Ellery sabía por experiencia propia que podía esconder muchas cosas.

–Leonardo –empezó tímidamente, pero él sacudió la cabeza indicándole que no quería hablar. La estaba rechazando con su silencio, y no lo podía soportar–. ¿Y bien? –preguntó al fin–. ¿Es tal y como te la esperabas?

–No –Leonardo apartó las manos de los libros–. No sé qué esperaba sentir la primera vez que cruzara esa puerta, pero... –sacudió la cabeza–. No siento nada –soltó una risa cargada de tristeza–. Qué estupidez, ¿verdad? Patético. Compré esta casa a la muerte de mi padre para demostrar que me la merecía, al menos eso creo –suspiró ruidosamente–. Al igual que tu padre, al mío se le daba fatal la economía. Cuando murió me quedé con la casa por casi nada y su familia, por supuesto, se puso furiosa.

Ellery percibió el tono de desprecio con que decía la palabra «familia», y de nuevo sintió aflorar las lágrimas a los ojos. De repente fue consciente de que jamás se había puesto en el lugar de la otra familia de su padre. Para los impostores, ocultos sin poder reclamar al padre y esposo como suyo, debía de haber resultado muy duro.

Al igual que Leonardo, cuyo padre jamás lo había reconocido. Se preguntó si el rechazo sufrido lo había convertido en el hombre que era. Un hombre que se negaba a, o era incapaz de, amar, incluso de mantener una relación de más de unas pocas semanas. Si era así, ¿cómo iba a conseguir llegar hasta él? ¿Cómo podrían salir adelante?

Eran a la vez distintos y muy parecidos, mutilados por los fracasos de sus familias, aferrándose a lo único que probaba que habían tenido una familia: las casas.

–Leonardo... –ella dio un paso al frente con una tímida esperanza. No se rendiría a la desesperación. Había llegado demasiado lejos, y Leonardo también. Y supo que el abismo entre ellos podía ser salvado. Lo que les mantenía separados también podría unirlos.

–¿Qué pasa? –perdido en sus pensamientos, la miró como si se hubiera olvidado de ella.

Ellery supo lo que necesitaba hacer, lo que Leonardo

necesitaba hacer. Se acercó a él y le tocó los hombros, deslizando las manos por el traje de seda, atrayéndolo hacia sí. Leonardo se resistía, pero ella lo abrazó, se rindió. No permitiría que aquello les separase.

–Llévame a tu casa de verdad. En Nápoles. ¿Tu madre sigue allí?

–Sí...

–Pues llévame –imploró Ellery–. Enséñame tu hogar, no este... mausoleo.

–Nunca he llevado allí a nadie –Leonardo sacudió la cabeza.

–Llévame –ella contuvo la respiración. Sabía lo mucho que le estaba pidiendo–. Por favor.

Tras una interminable pausa, Leonardo al fin contestó.

La rodeó con sus brazos, atrayéndola aún más hacia sí y enterró el rostro en su cuello, acariciándole la piel con los labios. Era su rendición.

–De acuerdo –susurró.

Capítulo 11

LLEGARON a Nápoles cuando ya anochecía. Durante el trayecto de más de seiscientos kilómetros desde Milán, apenas hablaron. Los recuerdos eran demasiado asfixiantes, aunque Ellery no pudo evitar sentir un pequeño rayo de esperanza.

Leonardo miró a Ellery de reojo. Parecía cansada y algo triste. Los últimos días habían sido de locura y él mismo sentía los efectos por todo el cuerpo, sobre todo en el corazón.

Siempre había evitado aquello: implicarse emocionalmente y, que Dios no lo quisiera, sentir algo más. No estaba seguro de sentirlo, y no quería hablarle a Ellery de ello.

Agarró el volante con fuerza. Llevar a Ellery a Nápoles, a su pasado, era la mejor manera de asegurarse de que se marchara. Su orgullosa madre había rechazado su ofrecimiento de comprarle una casa mejor y seguía viviendo en el maltrecho piso en el que había crecido.

Quizás Ellery, como la mayoría de las mujeres, sólo estuviera interesada en el hombre en el que se había convertido, no en el que había sido. No en el que era. El que empezaba a mostrarse ante ella.

Resultaba aterrador. ¿Cómo conseguía que deseara revelarle sus secretos? ¿Qué iba a pensar del chico cuyo padre había negado conocerlo?

La compra del hogar paterno había resultado una victoria vacía pues el hombre al que de verdad hubiera querido impresionar estaba muerto. Pero no lo había comprendido hasta ver las enormes y vacías estancias a través de los ojos violetas de Ellery.

Con un suspiro condujo por las estrechas calles del barrio obrero. Aquello era su infancia, su hogar. Ellery contemplaba impávida las maltrechas fachadas de los edificios.

–Ya hemos llegado –aparcó el Porsche en un reducido hueco que encontró en la calle.

–¿Tu coche no...? –preguntó Ellery dubitativa.

–Aquí nadie se atrevería a tocarlo –él sonrió–. Me conocen, y conocen a mi madre.

Al ver la expresión sorprendida de Ellery, se preguntó cómo reaccionaría ante el destartalado apartamento de su madre, su asfixiante pasado obrero, su rechazo del mundo en el que él vivía. ¿Se sentiría tan abrumada por esa vida, ese amor, como se sentía él?

Había llamado a su madre para informarle de su visita y ella se había mostrado encantada. Pero, mientras caminaban por un estrecho callejón hasta uno de los edificios de la parte trasera, se preguntó si no estaría cometiendo el mayor, y desgarrador, error de su vida.

Aquello no era lo que se había esperado. Jamás hubiera pensado que la madre de Leonardo seguiría viviendo en un destartalado apartamento que desde luego no se encontraba en la mejor zona de Nápoles. A juzgar por la rigidez de su mandíbula, supuso que él preferiría que viviera en mejores condiciones. ¿Había rechazado su dinero? Para un hombre tan orgulloso, aquello debía de resultarle difícil de aceptar.

Empezaba a comprender por qué nunca llevaba a nadie a ese lugar, por qué se había resistido a llevarla a ella. Empezaba a comprender muchas cosas de ese hombre.

–*Buona sera!* –una puerta se abrió de golpe y apareció una mujer de unos cincuenta años, de cabellos grises y rizados, y rostro sonriente. Abrazó a Leonardo y lo besó.

Ellery no entendió el torrente de palabras en italiano que le dedicó a su hijo, pero por el gesto sospechó que le estaba riñendo por no visitarla más a menudo.

–*Mamma*, te presento a Ellery Dunant, lady...

–Encantada de conocerla –interrumpió Ellery. ¿Por qué demonios sacaba a relucir ese estúpido título?–. Por favor, llámeme Ellery.

–Soy Marina de Luca. Es un placer –la madre de Leonardo habló en un titubeante inglés.

Ellery no pudo evitar una expresión de sorpresa. Leonardo había bautizado su línea de alta costura con el nombre de su madre.

–Pasad –Marina les hizo entrar–. Tengo la cena preparada.

–Por supuesto –murmuró Leonardo al oído de una sonriente Ellery.

Se alegraba de verlo fuera de su elemento y, al mismo tiempo, tan dentro de él. Pero también resultaba inquietante, pues demostraba que no era el hombre que ella había pensado que era. El hombre que quería hacer creer al mundo que era.

A ese hombre podría llegar a amarlo.

Contempló con detenimiento el salón. La estancia resultaba acogedora a pesar de cierta decrepitud, y estaba a miles de kilómetros de las lujosas y asépticas suites de hotel de Leonardo. Aquello era su hogar.

–A cenar –Marina sacó una enorme fuente de riga-
toni del horno de la diminuta cocina y la llevó a la
mesa–. Debéis de tener hambre.

–Tiene un aspecto delicioso –murmuró Ellery–.
Siento no hablar italiano, pero su inglés es muy bueno.

–Me enseñó Leonardo –el rostro de Marina resplandecía.

–¿En serio? –Ellery miró a Leonardo que se encogió
de hombros.

Parecía incómodo, casi avergonzado. Era evidente
que no le gustaba mostrar esa parte de sí mismo.

–Comed –insistió la mujer mayor.

De postre les sirvió dos tacitas de café expreso con
un delicioso bizcocho.

–Leonardo nunca trae a nadie de visita –se quejó–.
A veces creo que se avergüenza de mí.

–*Mamma*, sabes que no es verdad –contestó el alu-
dido.

–Sé lo alto que has llegado en la vida –ella se encogió de hombros–, y entiendo que para ti esto es bajar un
peldaño.

–No lo es –protestó él en voz baja.

–Leonardo quería que viviera en una gran casa a las
afueras de la ciudad –Marina se volvió a Ellery–. ¿Te lo
imaginas? ¿Qué dirían los vecinos? ¿Quién iría a verme?

A pesar de comprender las razones de la mujer,
Ellery sintió pena por Leonardo. Había intentado mejo-
rar la vida de su madre, y ella se negaba a aceptar su dinero, su amor.

–Aparte de Leonardo, claro. Y él sólo viene unas
cuantas veces al año...

–Está muy ocupado –Ellery sonrió.

–Sí, claro –asintió la otra mujer–. Pero nadie debería
estar demasiado ocupado, ¿no?

—Necesito hacer unas llamadas —Leonardo se levantó de la mesa.

Entre las dos mujeres se hizo un silencio que Ellery no supo si identificar como amistoso o no. Marina la miraba con una curiosidad que le ponía nerviosa. En su mente bullía toda la información que había recibido aquel día. Necesitaba tiempo para procesarlo. Aceptarlo.

—Estaba delicioso —exclamó al fin—. Muchas gracias.

—Nunca había traído a una mujer —observó Marina—. ¿Me entiendes? Una mujer... amiga.

—Sí, desde luego —Ellery se sonrojó.

—Pero tú. A ti sí te ha traído —sacudió la cabeza—. Una chica inglesa. No sé...

—No es... —empezó Ellery sin saber qué decir ni cómo explicarlo. Ni siquiera ella misma comprendía la relación que mantenía con Leonardo. Al menos una parte de ella deseaba más, pero tenía mucho miedo. Todo iba demasiado deprisa, con demasiada intensidad.

—¿No le irás a romper el corazón, verdad? —Marina entornó los ojos—. Sé que tiene dinero, pero por dentro no es más que un pobre chico de ciudad. Eso es lo que siempre fue, y nunca lo olvidará —suspiró—. He cometido muchos errores.

—No pretendo romperle el corazón a nadie —le aseguró Ellery con un nudo en la garganta.

Ambas se quedaron en silencio hasta el regreso de Leonardo a la habitación.

—He reservado una habitación en un hotel —anunció mientras besaba a su madre en la mejilla—. Es tarde, *mamma*, pero mañana volveremos. Podríamos dar un paseo.

Caminaron sin hablar hasta el coche y ella se sentó en el asiento del acompañante.

–Gracias por traerme.

–Ahora ya lo sabes.

«¿Saber qué?», se preguntó Ellery mientras se dirigían al casco histórico de la ciudad. ¿Saber de dónde venía? ¿Saber lo que había padecido? ¿Saber que aunque tuviera dinero, poder y prestigio seguía siendo el pobre chico de ciudad? ¿Saber que lo amaba por ello?

«Ahora ya lo sabes», Ellery tragó con dificultad. En el fondo se sentía como si no supiera nada. Estaba llena de dudas, y también de una diminuta y preciosa esperanza.

Se dirigieron al lujoso hotel Excelsior, en la bahía de Nápoles. Mientras contemplaba estupefacta el lujo y la opulencia a su alrededor, se dio cuenta de que aquélla no era ella, ni siquiera Leonardo. Sólo una forma, muy lujosa, de mantenerse alejados de la vida real.

Estaba llena de esperanzas que no se atrevía a formular en voz alta. Tenía demasiado miedo. Habían sucedido demasiadas cosas y con demasiada rapidez y ni siquiera estaba segura de que todo aquello fuera real. Se dejó caer en la cama y cerró los ojos.

¿Por qué le ponía tan triste la idea de abandonarlo?

–No llores, *cara* –susurró él con dulzura mientras le acariciaba la mejilla.

Leonardo se arrodilló frente a ella y la miró con tal expresión de compasión que una nueva lágrima resbaló por el rostro de Ellery, que no se había dado cuenta de que lloraba.

–No sé por qué estoy llorando.

–Qué curioso, ¿verdad? –observó él–. En muy poco tiempo han sucedido muchas cosas. Uno no sabe bien qué pensar.

«Ni qué sentir», pensó Ellery. Aun así, sentada en la penumbra de la habitación, recordó la noche en Maddock Manor cuando Leonardo la había abrazado y permitido decidir.

Después habían hecho el amor. Y, quizás, ella se había enamorado.

¿Era amor? Esa inquietud, la feroz esperanza, la profunda necesidad, ¿era amor?

Lo amaba. Quizás desde el momento en que lo había visto aparecer en la mansión. Era un hombre de origen humilde que se preocupaba por su madre. Un hombre capaz de lavarle los cabellos y enjugarle las lágrimas. Un hombre tan asustado como ella del amor y el daño que podía provocarle.

La idea era maravillosa y aterradora a un tiempo. Pues no tenía ni idea de si era correspondida y tenía demasiado miedo como para intentar averiguarlo. Miedo de comprobar la solidez del puente que Leonardo había construido sobre el abismo.

En la penumbra de la habitación no veía bien el rostro de Leonardo. Quiso hablarle de sus sentimientos, pero las palabras quedaron atascadas en su garganta.

Leonardo le acarició nuevamente la mejilla mientras un rayo de luna le iluminaba el rostro y la expresión de feroz esperanza, casi desesperación.

–Ellery...

El móvil empezó a sonar y lo apagó tras soltar un juramento.

–No –sonó la voz de Ellery, producto del miedo que impedía que aflorara el amor–, deberías contestar. A lo mejor es tu madre...

–No es más que una llamada de negocios –espetó él tras consultar la pantalla del móvil.

Ellery se levantó de la cama. No sabía lo que decía,

sólo que tenía miedo de dar el salto, de permitirse sentir. Amar.

Ser herida.

–Deberías contestar –insistió con voz ridículamente falsa–. Seguro que es importante.

–¿Quieres que conteste? –preguntó él con expresión perpleja.

–Sí –Ellery se obligó a pronunciar la solitaria palabra.

–Maldita sea, Ellery... –rugió él.

–Contesta, Leonardo –le estaba pidiendo mucho más que contestar a una llamada y el corazón se le rompía en pedazos. Lo estaba apartando de su lado y no era capaz de parar.

Leonardo soltó otro juramento antes de contestar la llamada.

Y Ellery abandonó la habitación.

Leonardo colgó el teléfono y lo arrojó sobre la mesilla de noche. Una estúpida llamada de negocios había arruinado uno de los momentos más importantes de su vida. O casi.

Sintió ira y algo peor, mucho peor: dolor.

Era un estúpido idiota por haber permitido que alguien se le acercara lo suficiente como para hacerle daño, algo que jamás permitía, no desde el día en que había caminado hasta el *palazzo* de su padre. No desde que su padre lo había mirado con suma frialdad.

«Soy el hijo de Marina de Luca», le había dicho el muchacho alto y huesudo de catorce años. «Quería conocerte».

«No te conozco».

En un intento de explicarse, había empezado a balbucear. «No quiero nada de ti. Lo... entiendo. Sólo verte». Leonardo recordó la súplica en su voz. El rostro de su padre no había reflejado la menor compasión, aunque estaba seguro de que lo había reconocido.

«No te conozco. Adiós».

Le había cerrado la puerta y uno de los empleados lo había acompañado hasta la calle, dejándole claro que jamás debía regresar si no quería meterse en problemas.

Desde ese día, el corazón de Leonardo se había empezado a endurecer, metódica y deliberadamente. Jamás había permitido que nadie se le acercara. Jamás le había importado que se burlaran de él, como durante aquel horrible año en Eton. Su madre le había anunciado que había conseguido una beca, pero descubrió que su padre, en un arrebato de culpabilidad, había financiado su pobre educación.

Nada más averiguarlo, Leonardo había abandonado sus estudios. No aceptaría un céntimo de nadie, y menos del hombre que lo había engendrado.

Desde ese instante no había tenido ni un amigo. Nadie se había acercado a él.

Salvo Ellery.

Ella había conseguido atravesar sus defensas sin darse cuenta. Lo había tocado con sus ojos color violeta, el feroz orgullo y un dulce abandono.

Y en el preciso instante en que estaba a punto de decir... ¿qué? ¿Decirle que la amaba? No sabía qué le hubiera dicho, pero sí que habría surgido del corazón y que habría significado algo para él. Demasiado.

Y ella le había dicho que contestara esa maldita llamada.

Sentía la cabeza despejada, el corazón endurecido una vez más. Se sentía bien. A salvo. Ése era él. Así debía ser. Había estado muy cerca de cometer un terrible error.

Gracias a Dios que no lo había hecho.

Ellery permanecía sentada en el sofá del salón con la mirada en el vacío. Su mente buscaba respuestas a las preguntas de su corazón. ¿Por qué le había hecho contestar la llamada? ¿Por qué no le había dejado hablar?

¿Acaso tenía miedo de que fuera a decirle que no la amaba... o que sí la amaba?

El amor daba miedo. Te obligaba a abrirte al dolor. Un hombre como Leonardo...

«No es de esa clase de hombres. Es tu excusa, porque estás aterrorizada».

Emitió un suspiro muy parecido a un sollozo. Leonardo entró en la habitación y de inmediato sintió su opresivo silencio. Tenía que decir algo, cualquier cosa.

—No había estado en Italia desde el viaje de fin de curso en sexto...

—Ellery —el tono de voz era frío y tajante—. Se acabó.

—¿Se acabó? —ella se quedó boquiabierta y repitió sus palabras a falta de unas propias.

—Sí —cruzó hasta el minibar para servirse un whisky sin mirarla a la cara—. Tengo que regresar al trabajo. Te enviaré de regreso a Londres en un vuelo mañana por la mañana.

Ellery pestañeó. Debía haberse esperado algo así, pero considerando lo que acababa de suceder, lo que había temido que sucediera...

Lo que había deseado que sucediera.

—¿Así sin más?

—Ya conocías las reglas —él se encogió de hombros.

—Pero tú dijiste que entre nosotros no había reglas

–le espetó con voz entrecortada. Ese dolor era lo que había temido, lo que había intentado evitar. De repente encontró el valor para luchar–. Leonardo, hace un rato me comporté de manera... extraña cuando te dije que contestaras al teléfono porque tenía miedo. Esto es nuevo para mí. Jamás había sentido...

–Se acabó –insistió él–. No te pongas en ridículo, por favor.

¿Eso creía que hacía? Ellery pestañeó con fuerza como si acabaran de abofetearla.

Estaba harta, helada, despejada y enfadada. Se levantó del sofá y le habló a la espalda.

–Muy bien –anunció con frialdad–. Ya que se ha acabado, puedes dormir en el sofá.

A punto de entrar en el dormitorio, oyó la voz de Leonardo.

–Por cierto, la llamada era de mi secretaria. Amelie quiere hacer las fotos la semana que viene. La tarifa habitual es de diez mil libras. Te enviaré un cheque.

–De acuerdo –con mano temblorosa, Ellery abrió la puerta del dormitorio y entró.

Capítulo 12

DEBÍA de haber dormido, pues despertó por la mañana con los ojos hinchados, el cuerpo dolorido y el corazón pesado como el plomo. El sol entraba por la ventana y, a lo lejos, la bahía de Nápoles resplandecía como un espejo de diamantes.

El mundo seguía girando.

Se quedó un rato sentada en la cama con la cabeza agachada. Sintió la agonía del rechazo, el intenso dolor de la pérdida y lo empujó hacia el interior.

Debía seguir adelante.

Se puso unos vaqueros y una sudadera, de Maddock, y salió al salón con el bolso de viaje.

Leonardo estaba ya duchado y vestido, y con el móvil pegado a la oreja. Le echó una ojeada de pies a cabeza, se detuvo en el bolso de viaje y luego se dio la vuelta.

—Te he pedido un taxi.

—Gracias, pero no era necesario —se sentía peor que una querida, se sentía como una furcia—. Soy capaz de conseguir mi propio medio de transporte.

—Y te he reservado un vuelo en primera clase a Londres —un destello de emoción brilló brevemente en los ojos de Leonardo—. Tendrás que hacer transbordo en Milán.

—De nuevo insisto en que no es necesario.

—Ellery, déjalo ya —el rostro de Leonardo reflejaba impaciencia—. No puedes permitirte...

–En realidad, sí –le interrumpió ella–, teniendo en cuenta que dispongo de diez mil libras.

–¿Y no deberías invertir ese dinero en la casa?

–Me parece que no estás en posición de ofrecerme consejos –ella lo miró furiosa.

Después recogió el bolso de viaje. El hecho de tener el corazón destrozado mientras él sólo aparentaba cansancio e impaciencia le ponía furiosa.

–Adiós, Leonardo –se despidió con frialdad y sin mirarlo, antes de salir por la puerta.

Leonardo se quedó en medio de la suite con el sonido del portazo aún resonando en su vacío corazón. Salvo que ya no estaba vacío. Estaba excesivamente lleno.

Había cortado con Ellery para evitar sufrir, pero no había funcionado. Le dolía todo el cuerpo, por fuera y por dentro. El dolor lo agarrotaba.

Lo cual, se dijo con obstinación, era señal de que había tomado la decisión correcta.

Ellery reservó el vuelo más barato a Londres, lo que le supuso veinticuatro horas de viaje y cambiar tres veces de avión. Llegó a Heathrow agotada, y aún le quedaba otro viaje.

Tomó un tren hasta Bodmin y luego un taxi hasta la casita de su madre, cerca de Padstow. Anne Dunant vivía en una modesta vivienda a las afueras de la ciudad en la que trabajaba como bibliotecaria. Ellery sólo había estado allí una vez desde que su madre abandonara Maddock Manor. Se fijó en el cuidado jardín, el jarrón con flores en la ventana, y el felpudo de bienvenida y se alegró de que se hubiera construido una vida lejos de la mansión. Lejos de los recuerdos.

—Me alegro de verte —exclamó su madre. Ambas se fundieron en un intenso abrazo.

—Yo también me alegro de verte —la decisión de visitar a su madre había sido impulsiva, tomada durante el interminable vuelo desde Nápoles.

—Entra. He preparado té.

—Gracias. Estoy agotada.

—No me extraña. ¿Qué demonios hacías en Italia? —la mujer se dirigió a la diminuta cocina.

—He estado algo así como de vacaciones —contestó tras una pausa—. Con un hombre.

—¿Hay esperanzas? —Anne hizo una pausa con la tetera en la mano.

—No.

—Lo siento —sirvió el té en el salón—. Me preocupas, sola en Suffolk —sonrió tímidamente—. Ya sé que deseabas conservar la casa, Ellery, y lo entiendo, pero...

—Está bien —Ellery sonrió y tomó un sorbo de té—. Y quiero darte las gracias por permitirme vivir allí. Si la hubieras vendido, vivirías con muchas más comodidades.

—Ellery, estoy bien —la mujer agitó una mano en el aire—. ¿Cómo iba a vender el único hogar que habías conocido? Es tu herencia. Yo no puedo disponer de ella.

—Aun así, gracias —Ellery asintió—. Supongo que necesitaba vivir allí durante un tiempo. Necesitaba... reflexionar y —añadió— necesitaba marcharme. Ganar perspectiva.

—¿Y lo has conseguido?

—Sí —Ellery dejó la taza sobre la mesa—. No resultó fácil ni cómodo, pero lo hice. En realidad tengo algunas ideas que me gustaría discutir contigo.

–Me muero de ganas de oírlo –Anne sonrió y tomó la mano de su hija.

De pequeña, Ellery había querido más a su padre. Él había ocupado todo el espacio en su corazón con sus risotadas y abrazos, y las ausencias sólo habían acrecentado ese amor. Su madre le había resultado distante, sin duda perdida en su propio dolor. Pero en los últimos cinco años se habían acercado lenta e inexorablemente, unidas por la traición de su padre, por sus desilusiones y por su determinación de construirse unas vidas nuevas y mejores.

El pasado quedaba atrás. Pasaba página.

A medida que el taxi se acercaba a la mansión, Ellery se fue quedando boquiabierta. El césped estaba cubierto de equipos de rodaje y había un camión aparcado sobre el camino de grava.

–¿Una fiesta? –preguntó el taxista mientras Ellery le pagaba.

–Supongo –contestó ella bajándose del coche.

Envuelta en un abrigo de piel sintética apareció Amelie con un móvil pegado a la oreja. Al verla, colgó el teléfono y le dedicó una horriblemente falsa sonrisa.

–¡Cielito! Nos preguntábamos cuándo volverías.

–Estaba en Cornualles con mi madre –contestó secamente–. ¿Qué demonios es todo esto?

–La sesión de fotos, por supuesto –Amelie tomó a Ellery del brazo mareándola con su perfume–. Las fotos tienen que salir en Navidad.

–¿Y si no hubiese vuelto? –Ellery no pudo evitar preguntarlo ante la arrogancia de Amelie.

–Sabía que volverías –contestó la otra mujer mientras la conducía hacia su propia casa–. Al fin y al cabo, ¿adónde ibas a ir?

Ellery no contestó. Estaba demasiado cansada para provocar un enfrentamiento.

–¿Podrías abrir? –preguntó Amelie al llegar al porche–. Ya hemos hecho las fotos exteriores, pero necesitamos entrar.

–Amelie, acabo de regresar. Esto es un poco inoportuno...

–Créeme, cielito, diez mil libras compensarán la pequeña incomodidad.

Ellery sacudió la cabeza incrédula. Se comportaba como si fuera la dueña de aquello.

–Supongo que tienes razón –sonrió mientras abría la puerta–. Ese dinero lo cambia todo.

–Desde luego –asintió Amelie mientras entraba en la casa la primera.

Los dos días que siguieron los dedicó a organizar sus asuntos. De vez en cuando bajaba a la cocina y observaba alguna sesión de maquillaje. Las modelos parecían aburrirse mucho.

Pero fue el último día de rodaje cuando por fin comprendió por qué Leonardo había elegido Maddock Manor. Se había mantenido alejada de las habitaciones utilizadas para las fotos, pero la curiosidad le pudo y acabó entrando en la sala de visitas donde encontró a una de las modelos tumbada frente a la chimenea, su chimenea.

La sala había sido dolorosamente transformada. De las lámparas y las estanterías colgaban falsas telarañas y todo estaba cubierto de una pátina de polvo artificial. Las cortinas, raídas aunque en buenas condiciones, habían sido sustituidas por auténticos harapos.

Habían convertido la mansión en la ruina que Amelie había asegurado que era.

–¿Verdad que es increíble?

Ellery se volvió para encontrarse frente a frente con una sonriente Amelie.

–Han hecho un trabajo impresionante con las telarañas. Contratamos a un especialista en decorados de cine. Fíjate cómo destaca el vestido –murmuró.

Ellery contempló a la chica que llevaba un espléndido vestido color fucsia. En efecto, el color destacaba contra la mugre. Aquello tenía algo de artístico. La bella y la bestia.

Sin embargo se trataba de su casa. Su hogar. El lugar que había intentado mantener a flote durante los últimos seis meses, y la sesión de fotos era una especie de burla de su vida.

Y Leonardo lo había sabido desde el principio.

–Sí –admitió tras respirar hondo. Pensó en el dinero y su destino y le dirigió una gélida sonrisa a Amelie–. Muy artístico. ¿Hoy es el último día?

–Cielito, antes de la hora del té nos habremos ido –la otra mujer tuvo la audacia de darle una palmadita en la mejilla–. Te lo prometo.

Y en efecto así fue. Por la tarde los camiones se marcharon y un servicio de limpieza contratado por Amelie se encargó de dejarlo todo tal y como había estado.

Ellery se dirigió a la cocina para prepararse una taza de té. La casa se había quedado muy vacía y se alegraba del poco tiempo que le quedaba por estar allí.

–Hola, Ellery.

Sobresaltada, se volvió y vio a Leonardo apoyado en el quicio de la puerta.

–¿Qué haces aquí? –exclamó mientras absorbía su presencia con los cinco sentidos.

–¿Puedo pasar?

–Supongo... ¿Por qué has venido, Leonardo?

–Para darte el cheque.

–Entiendo –se sintió ridículamente defraudada. Durante un segundo había albergado cierta esperanza e incluso había olvidado las hirientes palabras que le había dirigido.

Pero de repente volvió a recordarlas.

–Podrías haberlo mandado por correo.

–No quería que se perdiera. Es mucho dinero.

–Para ti no.

–El que tenga dinero no quiere decir que no lo valore.

–Al menos valoras algo –Ellery cerró los ojos sin dejar de darle la espalda.

–Ellery...

–En cualquier caso, gracias –ella se volvió y extendió una mano.

Leonardo no se movió. Sus miradas se fundieron, pero ninguno de ellos habló.

–Lo siento –dijo él al fin–, por cómo acabó.

No era suficiente. Hacía que pareciera un accidente, un giro del destino o la naturaleza, y no una decisión tomada a sangre fría para terminar de un modo tan cruel, tratándola como la querida que siempre había sido.

–El cheque, Leonardo –ella sonrió con frialdad–. Por favor.

–Ellery...

–¿A qué has venido? –exclamó–. ¿Qué esperabas ganar? No hay nada entre nosotros, Leonardo. Nunca lo hubo. Lo dejaste bien claro cuando me echaste...

–Yo no...

–Sí lo hiciste. Y has vuelto para ver esta sesión de fotos que autorizaste. Para ver mi hogar convertido en una especie de burla. Amelie me lo explicó todo...

–Sólo han sido unas fotos, Ellery –Leonardo dio un respingo–. Y sabía que el dinero...

–¡Al cuerno el dinero! Y al cuerno todos tus «sólo». No han sido «sólo» unas fotos, o «sólo» una palabra, o «sólo» una aventura. Para mí no –intentó calmar el temblor en su voz–. Supongo que es tu manera de mantener las distancias, de justificar tu actitud. Todo, y todos, es «sólo» para ti. Nadie se acerca lo suficiente para convertirse en algo más.

–No digas eso –suplicó Leonardo, aunque sonó más a una amenaza.

–Estoy harta –contestó ella–. Por un tiempo pensé que te amaba, o al menos que podría amarte. Por eso me asusté tanto aquella noche cuando te dije que contestaras al teléfono. Pensé que ibas a decirme que me amabas, qué estúpida, y sentí miedo. Miedo de resultar herida –respiró hondo y extendió las manos–. Siempre me costó confiar en los hombres. No quería que me abandonaran como mi padre. Mi corazón se volvió inalcanzable.

–A veces es mejor así –susurró Leonardo.

–Sí, desde luego –ella asintió–. Al parecer pensamos igual –rió con amargura–. Al menos en eso estamos de acuerdo –extendió de nuevo la mano–. Y ahora, aceptaré el cheque.

–¿En qué lo vas a emplear? –lentamente sacó un sobre del bolsillo de su chaqueta–. ¿Cortarás el césped o arreglarás la caldera? –preguntó con hiriente ironía.

–Ya me he ocupado de eso –contestó Ellery secamente–. He vendido el Rolls.

–¿En serio? –Leonardo enarcó las cejas.

–Sí –atravesó la cocina y tomó el sobre–. Este dinero irá destinado a obras de caridad.

–¿Cómo? –él se quedó boquiabierto para satisfacción de Ellery.

–Voy a vender Maddock Manor –le informó–. Ya era hora.

–Pero, es tu hogar...

–¿Igual que ese *palazzo* tuyo? –sacudió la cabeza–. Creo que no –hizo una pausa y lo miró como si quisiera retener en la memoria cada uno de sus rasgos porque sabía que jamás volvería a verlo–. El hogar está donde está tu corazón, y el mío no está aquí.

–Adiós, Ellery –Leonardo asintió al comprender el doble sentido y se marchó.

A Ellery se le ocurrió que cada uno había abandonado al otro en una ocasión.

Y que los dos estaban, y siempre estarían, solos.

Capítulo 13

CUANDO Ellery salió del colegio nevaba. No parecía que fuera a cuajar, pero los gruesos copos brillaban bajo las luces de las calles de Londres mientras caminaba entre la gente que, con la cabeza agachada para protegerse del viento, salía de sus trabajos.

Había tenido mucha suerte al encontrar un trabajo enseguida. Una profesora de literatura estaba con una baja de maternidad y el colegio se había mostrado encantado de disponer de una profesora cualificada dispuesta a trabajar únicamente unos cuantos meses. No le había importado el carácter temporal del puesto ya que necesitaba tiempo para decidir cuál sería su siguiente paso.

Llevaba un mes en la ciudad y aún no se había acostumbrado al ruido del tráfico ni a las calles abarrotadas de gente. Disfrutaba saliendo con sus amigos y comiendo regularmente con Lil, pero también echaba de menos lo que jamás hubiera esperado: la pacífica soledad de su vida en Maddock Manor.

Se paró frente a un quiosco de prensa en el que el quiosquero se afanaba por resguardar los periódicos y las revistas de la lluvia en el interior del quiosco. De repente le llamó la atención una reluciente portada en la que aparecía una explosión de color rosa sobre un fondo gris que le resultaba muy familiar.

Se trataba de una revista de moda en la que aparecía

una modelo recostada frente a una chimenea, resplandeciente en su vestido color fucsia.

–¿Se la va a llevar, señorita? –preguntó el quiosquero con cierta impaciencia.

–No –Ellery dudó unos segundos antes de devolverla sonriente–. No, pero gracias.

Empezó a nevar con fuerza. Quizás al final tendrían unas Navidades blancas, ya que sólo faltaban unos días. Iba a pasar el día de Navidad con sus amigos y al día siguiente iría a casa de su madre. Después regresaría a Suffolk para supervisar las obras de renovación de la mansión. Se moría de ganas por ver el buen uso que podría hacerse de Maddock Manor.

Se paró frente al portal de apartamentos donde vivía alquilada y buscó la llave en el bolso. La bombilla de la entrada se había fundido semanas atrás y nadie se había molestado en sustituirla, de modo que el portal estaba en completa oscuridad.

Y desde esa oscuridad surgió una voz dolorosamente familiar que hizo que se le parara el corazón. Las manos, que seguían buscando las llaves, empezaron a temblar.

–Bonitos zapatos.

Sus dedos se cerraron en torno al llavero mientras observaba sus botas de agua.

–Sólo son unas botas –intentó ver algo a través de la oscuridad. ¿Podría ser...?

–Creo que me enamoré de ti la primera vez que te vi con tus botas de agua –Leonardo salió de la oscuridad.

Estaba como siempre. El mismo cabello rizado y ojos brillantes. Aun así, había algo diferente. Había cierta tristeza en su semblante, una tristeza que se reflejaba en las sombras de sus ojos, en los hombros ligeramente caídos.

De repente ella registró en su mente las palabras que había dicho y su corazón empezó a latir con fuerza.

«Me enamoré de ti».

–No es verdad –susurró.

–¿No me enamoré de ti? –tenía las manos hundidas en los bolsillos y los copos de nieve coloreaban de blanco sus cabellos–. Desde luego intenté convencerme de que no era así. Lo último que deseaba era enamorarme de alguien.

–¿Qué haces aquí, Leonardo? –Ellery tenía un nudo en la garganta. La posibilidad de sentir esperanza le llenaba de miedo.

–Pensaba que era obvio. He venido para decirte que lo siento.

–Muy bien –una oscura nube de tristeza se posó sobre ella–. Pues ya lo has dicho.

–Pero es que tengo muchas más cosas que decir –protestó él con dulzura–. Además, aún no he dicho realmente que lo siento.

–No te burles de mí –Ellery pestañeó con fuerza para retener las lágrimas que afloraban a sus ojos. En realidad lo que quería decirle era: «No vuelvas a romperme el corazón».

–Te aseguro que no me burlo de ti.

Ella no se sentía capaz de hablar y optó por limitarse a asentir mientras abría la puerta y conducía a Leonardo por la pobremente iluminada escalera hasta la segunda planta.

–No es gran cosa –abrió la puerta y encendió la luz–. Pero al menos la caldera funciona.

–En efecto –murmuró él mientras contemplaba el diminuto salón.

–¿Te apetece beber algo? –le ofreció ella al fin–. ¿Té o café?

–No creo que necesite mucho tiempo para decirte lo que he venido a decir –contestó él.

–De acuerdo –el desánimo se adueñó de ella.

–Ellery, te amo –Leonardo la miró fijamente a los ojos con expresión sincera y dolorosamente vulnerable–. Te amo tanto que los últimos meses han sido un auténtico infierno. Intenté luchar contra ello. Y Dios sabe que he intentado negarlo desde la primera vez que te vi.

Ellery abrió la boca, pero fue incapaz de proferir el menor sonido.

–Tenía miedo. Tengo miedo desde hace mucho tiempo –soltó una pequeña risa nerviosa–. Jamás lo he admitido ante nadie, ni siquiera ante mí mismo.

–Gracias por decírmelo –susurró ella.

–Sé perfectamente cuándo decidí no permitir que nadie se acercara a mí –confesó–. Tenía catorce años cuando mi madre por fin me contó quién era mi padre. Fui a verlo, al *palazzo*, el mismo que visitamos tú y yo. Caminé hasta la puerta y llamé al timbre –sacudió la cabeza al recordarlo–. Fue una estupidez, por supuesto. Y no es que esperara que se fundiera en un abrazo conmigo, no era tan ingenuo, pero pensé... –hizo una pausa– pensé que al menos me reconocería como su hijo. Pero no lo hizo. Se limitó a decirme: «No te conozco». Lo repitió dos veces y, cuando ya me marchaba, hizo que me acompañaran dos tipos que me explicaron que tendría dificultades si volvía a acercarme a la casa –suspiró–. Supongo que mi historia es tan típica como la tuya. Ambos fuimos víctimas de nuestras desgraciadas familias y permitimos que enturbiara nuestro juicio. Nos obligó a protegernos.

Leonardo dio un paso hacia ella.

–Pero no consentiré que me arruine la vida. Ya no quiero vivir así por más tiempo, Ellery. Creo que me convencí a mí mismo de que era feliz manteniendo a todos a distancia. Y creo que podría haber continuado viviendo así si... si no te hubiese conocido.

Ellery tragó con dificultad. Le dolía la garganta por las emociones reprimidas. El miedo empezaba a desaparecer, sustituido por algo brillante y certero. Pero seguía desconfiando.

–¿Qué intentas decirme, Leonardo?

–Lo que te estoy diciendo –contestó con voz ronca– es que siento haberte tratado así, alejarte de mi lado por miedo a que te acercaras demasiado. Comportarme como si fueras mi amante cuando ya sabía que eras el amor de mi vida.

–¡Oh, Leonardo! –Ellery le interrumpió–. Te perdono –consiguió apenas susurrar mientras Leonardo eliminaba la distancia entre ellos para tomarla en sus brazos.

Ella lo abrazó con fuerza y se deleitó con la recuperada sensación.

–Aún no he terminado –continuó él–. Te amo y quiero pasar el resto de mi vida contigo, da igual dónde: Milán, Londres o esa mansión tuya...

–Ya te he dicho que la he vendido.

–Lo sé, pero podemos recomprarla. Sé lo mucho que significa esa casa para ti.

–No –ella sacudió la cabeza–. Resulta que al final no significaba tanto. Me aferraba a ella porque pensaba que le daba sentido a mi vida, pero no era cierto. No era más que una casa, y bastante infeliz además. La he vendido a una organización benéfica –sonrió, feliz ante la idea–. Se convertirá en un hogar para madres que necesitan un lugar seguro en el que vivir. Me pareció lo más correcto, teniendo en cuenta...

–Desde luego parece lo más correcto –Leonardo la besó.

–También he escrito una carta –continuó Ellery–. A Diane y a David. No sé qué clase de relación podremos tener, pero siento la necesidad de contactar con ellos.

–Debe de haberte resultado muy difícil.

–Sí, en efecto –soltó una risita nerviosa–. Aún no me han contestado.

–Cuántos cambios –murmuró Leonardo–. Yo también debo contarte que he vendido el *palazzo*.

–¿En serio?

–Sí, a una familia con cinco hijos. Mientras firmábamos los papeles los niños ya estaban correteando felices por el jardín.

–Qué bien –susurró ella mientras enterraba el rostro en el cuello de Leonardo para aspirar su delicioso aroma–. Supongo que vamos a necesitar un lugar para vivir.

–¿Significa eso que aceptas mi proposición?

–Bueno –Ellery sonrió–, lo cierto es que aún no he oído ninguna...

–Discúlpame –murmuró él mientras se apoyaba en el suelo sobre una rodilla y, ante las risas de Ellery, sacaba una cajita de terciopelo del bolsillo, abriéndola para revelar un espléndido anillo de diamantes–. Ellery Dunant, lady Maddock, lady Shalott, dama de mi corazón, ¿aceptas casarte conmigo?

–Sí –susurró ella antes de repetirlo en voz más alta–. Sí, sí, sí.

Tiró de Leonardo para que se pusiera en pie y sus labios se fundieron en un beso. Aquél era el final feliz que ambos había estado buscando. Ninguno de los dos estaba solo o asustado. No había más que amor.

Amor y una resplandeciente felicidad.

Bianca™

¡Él estaba dispuesto a impedir la boda de su hermana!

El implacable Daniel Caruana haría cualquier cosa para evitar que su hermana se casara con su rival. Daba la casualidad de que quien organizaba la boda era la hermana del novio. En persona, a pesar de que vestía de forma muy convencional, Sophie Turner era muy tentadora. Ojo por ojo, hermana por hermana...

Daniel lograría tener a Sophie exactamente donde quería que estuviera: ¡con él en su isla privada y voluntariamente en su cama! Pero cuando se dio cuenta de que el amor verdadero sí que existía, no iba a ser sólo su hermana quien iba a estar en apuros...

Prisionera en el paraíso

Trish Morey

¡YA EN TU PUNTO DE VENTA!

Acepte 2 de nuestras mejores novelas de amor GRATIS

¡Y reciba un regalo sorpresa!

Oferta especial de tiempo limitado

Rellene el cupón y envíelo a
Harlequin Reader Service®
3010 Walden Ave.
P.O. Box 1867
Buffalo, N.Y. 14240-1867

¡Sí! Por favor, envíenme 2 novelas de amor de Harlequin (1 Bianca® y 1 Deseo®) gratis, más el regalo sorpresa. Luego remítanme 4 novelas nuevas todos los meses, las cuales recibiré mucho antes de que aparezcan en librerías, y factúrenme al bajo precio de $3,24 cada una, más $0,25 por envío e impuesto de ventas, si corresponde*. Este es el precio total, y es un ahorro de casi el 20% sobre el precio de portada. ¡Una oferta excelente! Entiendo que el hecho de aceptar estos libros y el regalo no me obliga en forma alguna a la compra de libros adicionales. Y también que puedo devolver cualquier envío y cancelar en cualquier momento. Aún si decido no comprar ningún otro libro de Harlequin, los 2 libros gratis y el regalo sorpresa son míos para siempre.

416 LBN DU7N

Nombre y apellido	(Por favor, letra de molde)

Dirección	Apartamento No.

Ciudad	Estado	Zona postal

Esta oferta se limita a un pedido por hogar y no está disponible para los subscriptores actuales de Deseo® y Bianca®.
*Los términos y precios quedan sujetos a cambios sin aviso previo.
Impuestos de ventas aplican en N.Y.

SPN-03   ©2003 Harlequin Enterprises Limited

Deseo™

Retorno a la pasión

EMILY McKAY

La subasta de una mujer soltera, Claire Caldiera, para una obra de beneficencia proporcionó al millonario Matt Ballard la oportunidad que llevaba tiempo esperando: pasar una velada con Claire.

Claire había abandonado a Matt hacía tiempo y él echaba de menos a esa mujer cuya traición había estado a punto de acabar con él. Su plan era seducirla, sacarle información de su pasado y ser él quien la abandonara. Pero una sola caricia de Claire bastó para prender el fuego de una pasión adormecida.

¿Cuánto estaba dispuesto a pagar?

¡YA EN TU PUNTO DE VENTA!

Bianca™

Su secreto… un niño de sangre real

El jeque Tariq bin Khalid Al-Nur era tan duro y traicionero como el desierto del que un día sería rey, pero no podía subir al trono de su país hasta que no contrajera matrimonio. ¿Por qué, entonces, seguía soltero? No podía dejar de soñar con la encantadora Jessa Heath, una chica corriente, pero inolvidable.

Jessa sabía que Tariq y ella tenían una cuenta pendiente. ¿Y si se dejaba llevar y se permitía el lujo de aceptar su proposición? Una última noche para dejar atrás la pasión del pasado… Pero sabía que estaba pisando un terreno peligroso. En una sola noche, podría desvelarse el secreto que había mantenido oculto durante tantos años…

El regreso del jeque

Caitlin Crews

¡YA EN TU PUNTO DE VENTA!